元散曲经典品读

李雁 吴冰沁◎注评

蓝天出版社

图书在版编目（CIP）数据

元散曲经典品读/李雁，吴冰沁注评．—北京：蓝天出版社，2012.10
（经典品读书系）
ISBN 978-7-5094-0811-7

Ⅰ．①元… Ⅱ．①李…②吴… Ⅲ．①元曲－选集②元曲－注释③元曲－赏析 Ⅳ．①I222.9

中国版本图书馆CIP数据核字（2012）第253852号

选题策划：刘春燕
责任编辑：刘春燕　杨树增（特邀）

元散曲经典品读

出版发行：蓝天出版社
地　　址：北京市复兴路14号
邮　　编：100843
电　　话：010-66983784（编辑）66983715（发行）
经　　销：全国新华书店
印　　刷：北京华正印刷有限公司
开　　本：16开（787毫米×1092毫米）
字　　数：148千字
印　　张：10.5
印　　数：1-3000册
版　　次：2015年1月第1版
印　　次：2015年1月北京第1次印刷
定　　价：28.00元

目 录

元好问（1190—1257年），字裕之，号遗山，太原秀容（今山西忻州）人。七岁能诗，十四岁师从郝天挺学习经书达六载之久，金兴定五年（1221年）中进士。正大元年（1224年）中博学鸿词科，授儒林郎，充国史院编修，历镇平、南阳、内乡县令，后受诏入汴京（今开封），除尚书省掾、左司都事，转员外郎。金亡被俘，押山东聊城看管，辗转济南、冠县一带，五十岁得隐居故里，潜心著述。元好问在金元之际大有文名，尤工诗词，风格沉郁，并多伤时感事之作。元好问还是最早从事散曲创作的文人之一，今存散曲不足十首。

【双调·三奠子】

怅韶光流转，无计流连。行乐地，一凄然。笙歌寒食后，桃李恶风前。连环玉，回文锦，两缠绵。

芳尘未远，幽意谁传？千古恨，再生缘。闲衾香易冷，孤枕梦难圆。西窗雨，南楼月，夜如年。

元曲大致可分为两大类：一种入戏演唱，即杂剧的唱曲部分，或称“剧曲”；另一种就是散曲，属于广义的诗歌。散曲只供清唱吟咏，没有动作、道白，是继诗、词之后而兴起的另一种诗体，起源于金元时的北方，故又称“北曲”。它包括小令、套数和介于两者之间的带过曲等几种形式。小令又称“叶儿”，以一支独立的曲子为限。本首【双调·三奠子】就是一支小令，“双调”是这支曲子的宫调，就如同今天音乐中的调式。“三奠子”是这支曲子的名称，也叫曲牌。按，崔令钦《教坊记》载有《奠璧子》的曲名。据《古今词话·词辨》卷下载:“唐宋未有是曲，元遗山《锦机集》中有三阕，传是奠酒、奠谷、奠璧也。”元好问的【三奠子】或得名于此。《古今词话》又引《金元言行录》云:“遗山有《锦机集》，其【三奠子】【小圣乐】【松液凝空】，自制曲也。”按此中所说【松液凝空】一曲今已亡佚，余二曲【小圣乐】见后，是将原来的词牌直接用作元散曲的曲牌。而【三奠子】却是在元词牌的基础上自家重新创制的，当为元好问清明节时祭奠亡妻之作。

元好问年十八娶妻，发妻张氏是同郡尚书张翰之女。二人婚后育有一子三女：长子元千、长女元真、次女元严、三女元秀。虽然生逢乱世，饱经劫难，但夫妻二人却能同甘共苦，互相扶持。不幸的是张氏于金哀宗正大八年（1231 年）病殁，其时元好问年四十二。此前两年，元好问母亲过世；后两年元兵攻入汴京，元好问被拘管而流落山东。家亡与国破接踵而至，使他对人生苦难有了更深切的体验。

本曲上半部分写眼前之景。随着时光的流逝，那美好的一切都已无可挽回，没有谁能留住过去。韶光：美好的时光，指当年两人共同相处的日子。当初一起行乐的地方，现在给人带来的却只是满目凄然。“笙歌寒食后，桃李恶风前”，在历经生死存亡的磨难后，这句话里包含着对人生的思考：寒食清明这一派快乐的笙歌过后，那盛开的桃花也必将随风飘零，如同作者已失去的那种“连环玉，回文锦”般的美好生活一样。连环玉：暗用众所周知的杨玉环与李隆基的典故，回文锦：前秦时苏若兰仪容秀丽，兼有文采，深得丈夫窦滔敬重。窦滔到襄阳做官，若兰织成五色锦缎，其中绣有八百余字，无论正读反读、横读斜读，均可成诗，表达了自己的思念之情，这便是著名的《回文璇玑图》。后来回文锦字遂成为诗人们表达夫妻相爱的常用典故。我们从这两句里不仅可以看到元好问夫妻之间的恩爱，同时也可以间接了解到元好问的妻子张氏应该是个颇具文采的才女。

下半部分着重写自己如今的孤独和寂寞。“芳尘未远，幽意谁传？”强调虽然其人其事如在眼前，但却已是永世隔绝，正所谓“脉脉此情谁诉”。而最后“南楼月”与“西窗雨”既是写景，也是用典。宋晏殊【采桑子】词云：“南楼把手凭肩处，风月应知。别后除非，梦里时时得见伊。”而唐刘禹锡《夜雨寄北》诗云：“君问归期未有期，巴山夜雨涨秋池。何当共剪西窗烛，却话巴山夜雨时。”无论是“南楼月”还是“西窗雨”，都象征着过去两人美满幸福的生活，对比今天的孤寂，作者用了“夜如年”三个字，把自己因相思不眠而倍感长夜漫漫的煎熬之感表现得淋漓尽致。一般说来，与诗词相比，散曲较少用典。但本曲正处于宋词与元曲之间，加之作者学问富赡，故能援例用事，化用前人诗词，并能融入画面情境，境界浑然。即便不完全明白原典出处，也不难理解其中用意，颇见作者手段之高明。

共同生活了二十五年，张氏之亡故给作者内心带来了极度的伤痛，故此曲哀怨缠绵，感人肺腑。比之于唐诗，其凄切之情不亚于元稹《遣悲怀》的“昔日戏言身后意，今朝都到眼前来”。比之于宋词，其追思之情不亚于苏轼【江城子】的“十年生死两茫茫，不思量，自难忘”。除此曲外，作者在另一首【洞仙歌】中曾有“无复求凰”之语，已决意今后不再续弦复娶，可见情意之真切，绝非故作深沉之语。

【黄钟·人月圆】《卜居外家东园》（二首）

重冈已隔红尘断，村落更年丰。移居要就，窗中远岫，舍后长松。

十年种木，一年种谷，都付儿童。老夫惟有，醒来明月，醉后清风。

玄都观里桃千树，花落水空流。凭君莫问，清泾浊渭，去马来牛。

谢公扶病，羊昙挥涕，一醉都休。古今几度，生存华屋，零落山丘。

从《卜居外家东园》的题目上看，本曲当作于元太宗十一年己亥（1239年）元好问五十岁时。"卜居"的本意是通过占卜选择居所，其实就是择居、

移居的文雅说法。“外家”是指母亲或妻子的娘家，此处所说的是其生母张氏的东园，其地就在元好问故乡秀容（今山西忻州）。

六年前，元军攻入金都汴京（今河南开封），正任左司都事的元好问随大批被俘官员为蒙古军拘管出京至山东聊城，后又辗转冠县、东平一带。因元好问文名之盛，蒙古人有心接纳，可他却心灰意懒，绝意仕途。历尽一番动荡生活后的元好问终得重归故里，此时金已覆亡，生母张氏也已逝去，故人零落殆尽，“国破山河在”，只有那熟悉的山水草木已然如故。【人月圆】二首即作于此时。

第一首小令写自己为什么要回归东园。开篇“重冈已隔红尘断”一句饱含了他此前所有的国破家亡之痛。重叠的山冈能把他所不愿意再看到的那个世界完全隔绝开来，同时也就斩断了那些痛苦的记忆。他要开始一种新的生活：“移居要就，窗中远岫，舍后长松。”这是他所处的环境，清旷幽静；而更重要的是自己的心境，“老夫惟有，醒来明月，醉后清风。”自从屈原大夫发出“世人皆醉我独醒，世人皆浊我独清”的感慨之后，诗人们一旦写到醒与醉时，就不再单纯是对饮酒程度的描述了，而是借以表明自己对当时社会现实的态度。对于此时此刻的元好问而言，他将不再像过去那样被大势裹挟，沉浮其中，而是作为一个冷静的旁观者：就像现在他正在看着儿孙们“十年种木，一年种谷”却绝不插手一样。

表面上看，作者只是对山林间悠然自得的生活感到欣慰与满足，没有一字提及对时事政治的不满。但细细品味，却又字字语含沉痛，虽未明言，却用意良深。

如果说这首小令是通过景物形象来衬托表现自己的内心情怀的话，那么，在第二首曲子中作者则完全是用了另一种写法，即通过繁多的典故隐约透露出个中深意。

首句引用中唐刘禹锡的诗句。玄都观：唐代长安城郊的一所著名道观。刘禹锡被贬朗州司马，十年后终于得回京。春日出游，触景生情，写了首《戏赠看花诸君子》绝句，以此讽刺当朝新贵的暴富："紫陌红尘拂面来，无人不道看花回。玄都观里桃千树，尽是刘郎去后栽！"就因四句诗"语涉讥刺"，引起执政者的不悦，刘禹锡再度远贬为连州刺史。又过了十四年，刘禹锡再游长安，玄都观里曾经风靡一时的桃花已荡然无存，仅剩下寥落的青苔和稀疏的菜花而已。刘禹锡遂又写下了《再游玄都观》："百亩庭中半是苔，桃花净尽菜花开。种桃道士归何处，前度刘郎今又来。"元好问这里是以玄都观的盛衰和桃花流水暗示着人世的起伏变迁和时光对一个人的消磨。

"凭君莫问，清泾浊渭"二句：泾、渭皆水名，传说泾流清而渭水浊，二水在陕西境内相会，最终汇入黄河。《庄子·秋水》中曾形容黄河"泾流之大，两涘渚崖之间，不辨牛马"。所以杜甫《秋雨叹》中就有了"去马来牛不复辨，浊泾清渭何当分"的句子。元好问这里借以表现世事纷纭难辨、是非杂扰不清的意思。所谓"莫问"，其实就是不想说，也说不清楚，可见其中必有难言之痛！

自"谢公"而下至全篇结束，用的是《晋书·谢安传》中的典故。东晋谢安晚年扶病还京城建康（今江苏南京），经西州门时曾对身边人说："吾病殆不起乎！"不久即病逝。外甥羊昙悲痛不已，从此不过西州路。后因醉酒，误入西州门，伤怀有感，遂诵曹植《箜篌引》"生存华屋处，零落归山丘"之句，恸哭而去。此言人生有限，世事无常，无论古今贵贱之人，终不免归于一死。这显示了历经国变之后，作者万念俱灰、苟延残生的沉重心情。

《楚辞》中有一篇相传是屈原写的《卜居》，实际是楚人在屈原死后为了悼念他而记载下来的有关传说，其中反映了屈原的人生困惑和不满，歌颂了他不同流合污的高贵品质。元好问这两首《卜居外家东园》何尝不是如此呢。区别仅仅在于元好问不像屈原那么执着于抗争不屈，语句中隐约透出闲居后无所作为的无奈，这从结煞处几句有意所作的豁达语中便可看出。事实确实如此，元好问自此潜心编纂著述，基本上是隐居度过了余生。

散曲的兴起和词的衰退几乎是同时的。作为中国古典诗歌的一种样式，散曲在元好问生活的金代已经产生，但是它与词之间并没有明确的界限。就其都是“依声填词”以供演唱这一点来讲，在很长一段时间内，词和散曲一样被笼统地称为“乐府”。换句话说，散曲初创时期，在形式上和词的区别不像后来那样明显。比如在宋代，这首【人月圆】本是词牌，但后来因为能用流行的北曲曲调演唱，因此也就自然而然地成为了同名曲牌。由于我们今天所读到的只是文辞部分，表面上看【人月圆】词牌和同名曲牌在句式上并没有区别（音乐成分在文字中只是表现为平仄格律的不同），所以我们读这首小令就会觉得还带有较重的词的味道。这首曲子因此也成为早期散曲发展过程中的那一必经阶段的有力佐证，也是帮助我们认识从词到曲嬗变演化过程的一份珍贵文献资料。

【双调·小圣乐】《骤雨打新荷》

绿叶阴浓，遍池塘水阁，偏趁凉多。海榴初绽，妖艳喷香罗。老燕携雏弄语，有高柳鸣蝉相和。骤雨过，珍珠乱糁，打遍新荷。

人生有几？念良辰美景，一梦初过。穷通前定，何用苦张罗？命友邀宾玩赏，对芳樽浅酌低歌。且酩酊，任他两轮日月，来往如梭。

本首【双调·小圣乐】《骤雨打新荷》就是一支小令。写的是盛夏突然而至的急雨给作者带来的人生感受。

如同作者上面的几首小令一样，元好问这支曲子也分为上下两片。上片集中笔墨写景，密叶重阴下的亭台楼阁，一派清凉，这是写自己的整体感觉。刚刚绽放的石榴花就像美女的罗裙，这是写视觉。而下句燕语蝉鸣就是写听觉了。上片最后以综合了听觉和视觉的“骤雨过，珍珠乱糁，打遍新荷”做结，紧扣题目。应该提醒读者注意的是上片有两个词用得很特别：一个是用“喷”字形容石榴花的红色，热烈、欢快，与宋祁【玉楼春】词“红杏枝头春意闹”的那个“闹”字颇有异曲同工之妙。另一个是用“糁”来形容雨珠之乱坠。糁（sǎn），本是米粒散落的意思。杜甫《绝句漫兴九首》（其七）有“糁径杨花铺白毡，点溪荷叶叠青钱”的诗句，很微妙地写出了柳絮铺地的情景。而元好问此处却以“珍珠乱糁”形容雨势，令读者真切地感受到雨滴之大、之圆、之白、之密，而后句又以“新荷”承接，则更能描述出雨珠在荷叶上的跳跃和翻滚。正是这两个词奠定了本曲所写的盛夏之景的基调，那就是富于生机和活力，其间洋溢着一派欣喜、惬意之情。由此作品自然过渡到下片。

下片着重抒写作者面对风光无限的自然美景而生发出的人生感慨。

四季轮转，眼前的美景如梦如幻，转瞬即逝。由此联想到人生苦短，何必执着于一时得失。“苦张罗”一词极为形象地描写出那种庸碌凡俗的人生状态。《论语·雍也》篇载孔子曾说：“智者乐，仁者寿。”只有聪明智慧的人才能达观快活。这种快活在元好问这支曲子中体现在三件事上：朋友、美酒和歌诗——所谓“命友邀宾玩赏，对芳樽浅酌低歌”。其实就是友谊、激情和艺术创造。千万不要一看到“人生如梦”、“穷通前定”等提法就认定是消极的、颓废的，这无疑太过表面化了。这支曲子里对人生的体悟和感受显然已超越了功利层面而升华到了一个更高的境界。

据《九宫大成谱·总论》引《宋史·燕乐志》，双调、小石调，俱属商声七调。元好问精通音律，【双调·小圣乐】是他亲自创制的曲牌。陶宗仪《缀耕录》卷九“万柳堂”条载：“小圣乐乃小石调曲，元遗山先生好问所制，而名姬多歌之。”也就是说，此曲一出，艺人争相咏歌，风行一时。影响之大，以至于后来的散曲作者干脆直接以【骤雨打新荷】取代了【小圣乐】的曲牌名。

综上所述，元好问留存散曲作品虽然不多，但却反映了他在这一领域里所取得的突出成就。在他生活的金、元之际，散曲这种新兴的文学样式正处在逐步独立解放的过程中，所以元好问的散曲作品也还比较明显地留有词体的痕迹，寓意比较含蓄深远，风格给人以谨严和文雅之感，不如后来的作品那么尖新显豁，也不像后来的作品那样形式疏放自由、通俗浅近；他写作散曲的语句格式也比较整饬，不像后来的作品那样灵活多变地运用衬字、俗语。甚至他的散曲竟然和一些词作分上下阕一样，也都分为上下两片，而在后来成熟的散曲小令中，除非是带过曲，再也没有这种明显的分片现象了。这些大都是散曲在草创时期文人作品的特点，

元人钟嗣成在《录鬼簿》（天一阁蓝格钞本）中，把元好问的名字补记于“前辈名公乐章传于世者”中，而隋树森《全元散曲》则把元好问之名排列于全书之首位。我们今天可以说元好问在曲学上有开创之功，近人续琨称誉他“隐为元曲豪放之祖”，绝非虚美。

杜仁杰（约 1201—1282 年），字仲梁，号善夫（亦作善甫），又号止轩。济南长清（今属山东济南市）人。父杜忱，金朝进士，授京兆录事判官，长于词赋，擅名齐鲁间。杜仁杰由金入元，早年曾与张澄等隐于河南内乡山中，与元好问有诗文相酬。元好问曾两次向耶律楚材推荐，但他都“表谢不起”。后隐居于长清故里，优游于灵岩山和五峰山之间。杜仁杰性善谑，工诗能文，喜作散曲，颇有文名。其子杜元素任福建闽海道廉访使，因其子显贵，得赠翰林院承旨、资善大夫，谥“文穆”。顾嗣立辑《元诗选》卷三收《善夫先生集》一卷，其中散曲仅存带过曲一首，套曲三首。

【般涉调·耍孩儿】《庄家不识构阑》（套曲）

风调雨顺民安乐，都不似俺庄家快活。桑蚕五谷十分收，官司无甚差科。当村许下还心愿，来到城中买些纸火。正打街头过，见吊个花碌碌纸榜，不似那答儿闹穰穰人多。

【六煞】见一个人手撑着椽做的门，高声的叫“请、请”，道“迟来的满了无处停坐”。说道“前截儿院本《调风月》，背后幺末敷演《刘耍和》”。高声叫：“赶散易得。难得的妆哈！”

【五煞】要了二百钱放过咱，入得门上个木坡，见层层叠叠团圞坐。抬头觑是个钟楼模样，往下觑却是人旋窝。见几个妇女向台儿上坐。又不是迎神赛社，不住的擂鼓筛锣。

【四煞】一个女孩儿转了几遭，不多时引出一伙。中间里一个央人货，裹着枚皂头巾顶门上插一管笔，满脸石灰更着些黑道儿抹。知他待是如何过？浑身上下，则穿领花布直裰。

【三煞】念了会诗共词，说了会赋与歌，无差错。唇天口地无高下，巧语花言记许多。临绝末，道了低头撮脚，爨罢将幺拨。

【二煞】一个妆做张太公，他改做小二哥，行行行说向城中过。见个年少的妇女向帘儿下立，那老子用意铺谋待取做老婆。教小二哥相说合，但要的豆谷米麦，问甚布绢纱罗。

【一煞】教太公往前那不敢往后那，抬左脚不敢抬右脚，翻来覆去由他一个。太公心下实焦躁，把一个皮棒槌则一下打做两半个。我则道脑袋天灵破，则道兴词告状，刬地大笑呵呵。

【尾】则被一胞尿，爆的我没奈何。刚捱刚忍更待看些儿个，枉被这驴颓笑杀我。

本作品在散曲中属于套数，所谓套数，是从宋、金时期的唱赚、诸宫调等说唱艺术发展而来的，又称“散套”或“大令”。其不同于小令的地方在于，套数是把同一宫调的若干支不同曲牌的曲子（少则数支，多则十几支）连缀在一起，按一定的顺序排列，中间一韵到底，不得换韵，最后用“煞调”和“尾声”做结，构成一个完整的作品。本首套曲即是以般涉调中的【耍孩儿】曲牌和六支煞曲、一支尾曲组成。

就题目上看，这套曲子是通过一个从没进城看过戏的农家粗汉（即所谓“庄家”）的眼光来铺写当时元杂剧的演出盛况。构阑：又作“构栏”，本指栏杆，宋代以来常以勾栏、瓦肆指称都市中固定的娱乐场所，也是宋元戏曲的主要表演场所，类似于现在的露天戏院。就让我们跟随着这个庄稼汉来看一看，元代的杂剧演出情形究竟是个什么样子吧。

第一支曲子【耍孩儿】先行交代了进城的缘由。赶上了个风调雨顺的年份，村民们自是身心快活。丰收了，官府也没有多余的差役和课税（即曲中所谓的“差科”）摊派。为了报答上天神明的庇护，于是他就心满意足到城里来买些祭祀还愿用的烧纸和香火（即所谓“纸火”）。只见当街处有许多人闹哄哄地围着个花花绿绿的招贴画（“纸榜”）看，原来却是演戏的海报。那答儿：当时口语，即那里、那儿。

【六煞】到了戏场跟前，见有个人手撑着木栏围起来的门，大声殷勤地招揽观众：“里面请，来晚了就没座了。”从他口中得知本次演出有两个剧目：先演院本《调风月》，后演杂剧《刘耍和》。院本：金元时期流行的一种滑稽戏，一般由副末和副净两个角色出演，内容相对简单，类似今天的小品相声。幺末：作场，当时的行业用语，即是指正式的杂剧演出。门口的人还喊了两句：“赶散易得。难得的妆哈。”意思是流动赶场的戏班子到处有，但像今天这样出彩的演出却难得一见。

【五煞】票价并不太贵，只要二百文钱。当时的纸币二百文大约相当于今天的二三十元钱。进门后上了看台，却只见密密麻麻的观众坐了好几层，围了个圆圈儿。团圞：团圆，这里形容三面围定戏台的半圆形。而正中的戏台就像高高的钟鼓楼一样。在观众席的上面往下看，观众们人挤人、人挨人简直就像旋涡一般。戏台边上几个女乐手正在紧锣密鼓地演奏前奏曲，但看戏的汉子不知就里，只是纳闷，今天不是节庆日啊，为什么却像在乡间迎神游行那样可劲地敲锣打鼓？迎神赛社：泛指乡间祭祀神灵或与农耕相关的节庆活动，时常伴有各色各样的娱神乐舞表演。

【四煞】专写“副末开场”。一个小姑娘出来报幕，被介绍的演员们便一一出场了，所谓“不多时引出一伙”。中间的那个就是副末。副末是相对于戏中主要的男性角色“正末”而得名的，每出戏一般都是由副末开场，主要是介绍剧情和演出宗旨。因为这个角色源出于唐代的“参军戏”（即早期的相声），故也带有一些插科打诨的特征。所以称之为“央（殃）人货”，即害人精的意思。在庄稼汉的眼中，这个副末的穿戴很滑稽：裹着黑头巾，上面别着一支长簪，好像插着一支笔似的。小白脸，脸上却画着些黑道道，这副模样真不知他将来怎样活下去。况且一个男人竟然还穿着身花布做的长衫，啧啧。

【三煞】报幕的下去后就是“艳段”。杂剧由艳段和正戏组成，正戏演出之前要先演一段寻常熟事，叫“艳段”，也叫“爨”。南宋灌圃耐得翁《都城纪胜》“瓦舍众伎”条载：“杂剧中末泥为长，每四人或五人为一场。先做寻常熟事一段，名曰艳段；次做正杂剧，通名为两段。”艳段这个小节目与正杂剧并不是一个故事，只是借以招徕看客，等观众到齐后再开演正戏。庄稼汉只是听他们在不停地念诗唱歌，感慨于这些人咋能记住这么多的花言巧语，竟然能不出一点错。临绝末：到艳段临结束的时候。演员向观众鞠躬施礼，“低头撮脚”，演完这一段（“爨罢”）然后就都下台去了。将幺拨：当是俗语，就是要走人了。幺（yāo），同“腰”。

【二煞】即庄稼汉所看到的院本《调风月》的演出情况。这场戏的男主角是张太公，那个开场的副末改扮成小二哥，两人边说边走。在进城路上看见一个少妇站在帘下，张太公动了心思，便让小二哥去说合，并答应不管要多少粮食和布匹都可以。用意铺谋：想方设法。

【一煞】着重写小二哥趁机百般作弄张太公，太公心急，便去打小二哥，所谓的“皮棒槌”当是演出道具，以皮革包棉草为之，也叫“磕瓜”，副末常用它打副净以逗乐。但初次看戏的庄稼汉不知就里，自己又十分入戏，便想当然地认为这一下打得可不轻，闹不好要吃官司的，没想到全场观众反而大笑起来。刬（chǎn）地：反而。

最后的【尾】说自己憋着尿想多看会儿，但剧情实在引人发笑，自己无论如何也没法再硬撑下去了。驴颓：脏话，这个家伙。

无论看戏还是看电影，能让我们憋着不去如厕，说明剧情引人入胜。这个结尾恰到好处。前面说过这场戏是《调风月》，压轴大戏《刘耍和》还没上演，这就给读者留下了极大想象的空间。按，刘耍和本为元杂剧前期著名演员，该戏剧应当敷演有他的故事。

这个套曲再现了元代勾栏的建筑形制和杂剧的演出情况，是后人研究中国古代戏剧史的珍贵文献资料。作品描绘生动翔实，具体而富于细节，如乐队、道具、人物化装、角色活动、演员表演甚至观众反应均能历历在目。作者借用第一人称写法，通过庄稼汉的独特视角，以夸张诙谐的艺术手法，把他初进勾栏戏场的好奇新鲜的感受铺写得活灵活现，妙趣盎然。需要强调一点，很多人读了类似风格的作品也许会在心里嘀咕，这不是在嘲弄农民吗？这就是个如何理解艺术创新的问题。我们常说熟视无睹，一个经常接触戏剧的观众和初次看戏的人的感觉是不一样的。杜仁杰选取这样一个独特视角的本意在于，用一个崭新的视角重新锐化我们对戏剧的认知，只有这样才能唤醒我们早已迟钝麻木了的感觉。不仅仅是戏剧演出，文学创作就是在我们心灵和现实生活中重新建立沟通，让我们能再度体验人生的新鲜、真实和丰富，以永葆一颗富于激情的赤子之心。我们从这个作品中可以看出，作者对生活充满了热爱，这也正是本作品最成功、最具特色的地方。

王和卿（约 1220—约 1278 年），大名（今属河北省）人，金末元初散曲家。曾居大都（今北京），与关汉卿相友善。为人滑稽率真，名播四方，被明朱权《太和正音谱》列入“词林英杰”一百五十人之中。现存散曲小令二十多首，套曲一支。

【仙吕·醉中天】《咏大蝴蝶》

弹破庄周梦，两翅驾东风。三百座名园一采个空，难道风流种。唬杀寻芳的蜜蜂。轻轻的飞动，把卖花人扇过桥东。

元陶宗仪《辍耕录》卷二十三载：“大名王和卿，滑稽佻达，传播四方。中统初，燕市有一蝴蝶，其大异常。王赋《醉中天》小令云云，由是其名益著。”这就是说现实中确实曾出现过一个大蝴蝶，由此引发了王和卿的创作冲动，才有了这首小令。

《庄子·齐物论》中说庄周曾经梦见自己变成一只蝴蝶，醒来的刹那间却神思恍惚，“不知周之梦为胡蝶与？胡蝶之梦为周与？”不知是自己做梦变为蝴蝶呢还是蝴蝶做梦变为庄周了。这个故事巧妙地表达出道家在有关真实与虚幻、梦境与现实、生与死等问题上面临的认知困惑。由于其中包含着庄子哲学所特有的浪漫情思和深邃的人生哲理，引发后世众多文人骚客的共鸣，从而凝定成为诗歌中常见的经典意象，如李商隐《锦瑟》所谓“庄生晓梦迷蝴蝶”等即是。而王和卿此处活用此典，说此蝴蝶之大，连庄子的梦境都容不下了。这只现实中出现过的蝴蝶因为大得异常，所以给人以不真实的感觉，故作者能将其化实为虚，置于梦之中，并用“弹”字极好地表现出了梦境的轻灵和幻化之感。

这个从庄子梦中飞出来的蝴蝶，在春风中翩翩而降。作者下面并没过多地描写细节，而是笼统地说凡它所经过的花园，均被其一采而空。“难道风流种”，其风流真是难以言表！竟然把同样以采蜜为生的蜜蜂全都吓死了。有学者认为“大蝴蝶”是暗指当时“花花太岁”或“衙内浪子”，以此讥讽他们仗势欺人、糟蹋民女；也有人认为本作乃是作者自况风流的游戏之作，别求深意。这种阐释使作品情趣全失。元散曲的特点就是天性自然，清新活泼，绝少深文周纳，含沙射影。索引附会，正所谓“焚琴煮鹤”，大煞风景。

最后两句特写一个想象的场景：那大蝴蝶只是轻轻地扇动了一下翅膀，带起的一阵风竟把买花人吹过了桥东。这夸张和想象能力真令人拍案叫绝！作者还曾写过一首【双调·拨不断】《大鱼》，同样是通过语言将现实转化成为怪诞而有趣的想象世界：

胜神鳌，夯风涛，脊梁上轻负着蓬莱岛。万里夕阳锦背高，翻身犹恨东洋小，太公怎钓？

这两篇小令极为相似，都是咏物题材，都是运用夸张的艺术表现手法，通俗、口语化的表现形式，让读者进入一个轻松欢快的世界。整篇作品生动活泼、轻松幽默，是典型的王和卿的创作风格。

关汉卿（约1220—约1300年），号已斋，解州（今山西运城）人。关汉卿是最早从事元杂剧创作的作家之一，他一生主要在元大都（今北京）一带度过，也曾到过汴梁、临安（今杭州）等地，长期生活于勾栏瓦肆，和一些著名艺人如朱帘秀等人交往甚密。代表剧作有《窦娥冤》《单刀会》《西蜀梦》等，与马致远、郑光祖、白朴并称“元曲四大家”，被后人誉为“东方的莎士比亚”。关汉卿也长于散曲创作，流传下来的小令和套数计七十余首。

【南吕·四块玉】《闲适》（二首）

旧酒投，新醅泼，老瓦盆边笑呵呵。共山僧野叟闲吟和。他出一对鸡，我出一个鹅，闲快活。

南亩耕，东山卧，世态人情经历多。闲将往事思量过。贤的是他，愚的是我，争什么。

这两支题为《闲适》的小令充分体现了关汉卿本色自然的创作风格。第一首开头一句的“投”字即丢下、扔掉的意思，与下句“泼”字均为倾倒之意，谓豪饮。新醅（pēi）：未过滤的酒，对应上句的“旧酒”（即陈酿、老酒)。这两句是说不论喝什么酒，也不必太在意用怎样的饮酒器，只要你心境好，就会体验到日常生活中的快乐。所以即便是与山中僧人吟咏唱和，与田间老叟共餐对饮，都是高雅而富于情趣的。

关于喝酒的题材，在元散曲中比比皆是。白朴曾写过一首【仙吕·寄生草】《饮》:“长醉后方何碍，不醒时有甚思。糟腌两个功名字，醅淹千古兴亡事，曲埋万丈虹霓志。不达时皆笑屈原非，但知音尽说陶潜是。”和白朴的这种表现手法相似，关汉卿第二支曲子开头也用了陶潜的典故。“南亩耕”即谓陶渊明辞官归田之事。陶潜《癸卯岁始春怀古田舍》:“在昔闻南亩，当年竟未践。”这是对功名利禄的否定。而“东山卧”说的则是东晋名相谢安。《晋书·谢安传》:“卿累违朝旨，高卧东山。”虽然像谢安那样高卧山林不出，但却非穷乡僻壤里的自我封闭，“世态人情经历多”，说明他曾经见过大场面，现在是静下心来“闲将往事思量过”，反思的结论是：当年人们你争我夺的那些事儿，今天回头看来其实毫无意义，“争什么？”有什么值得人们如此疯狂？

这两支小令表面看似乎有点消极颓废，但应该看到，其中夹杂有作者对当时社会所盛行的争名夺利风气的反讽和嘲弄。对于今天的人们而言，这仍然有一定的借鉴价值。我们不妨扪心自问：我能感受到生活的压力吗？这些压力是来自学习还是日常生活？是源于自己内心欲望的驱动，还是有感于家庭的厚望、期待，抑或是迫于社会大环境下的整体氛围？我们应该如何应对这种无处不在的巨大压力？当代社会竞争激烈到了非常残酷的境地，生活和工作节奏也越来越快，大家似乎已经不可能再去过那种归隐田园的生活了。但我们仍然可以通过其他途径达到内心的安详平和。关汉卿在这里告诉我们，要学会欣赏生活，不要被外在的东西蒙住你的眼睛，美的东西就在身边，只要你有一颗平静的心和审美的态度。

【双调·大德歌】（四首）

子规啼，不如归。道是春归人未归。几日添憔悴，虚飘飘柳絮飞。一春鱼雁无消息，则见双燕斗衔泥。

俏冤家，在天涯。偏那里绿杨堪系马？困坐南窗下，数对清风想念他。蛾眉淡了教谁画，瘦岩岩羞带石榴花。

风飘飘，雨潇潇，便做陈抟睡不着。懊恼伤怀抱，扑簌簌泪点抛。秋蝉儿噪罢寒蛩儿叫，淅零零细雨打芭蕉。

雪纷纷，掩重门，不由人不断魂，瘦损江梅韵。那里是清江江上村？香闺里冷落谁瞅问？好一个憔悴的凭栏人！

这四支【大德歌】为一组四季相思题材的曲子，当是关汉卿于元成宗铁穆耳大德年间（1298—1307年）自创的新曲牌。四支曲子依顺序分别写春、夏、秋、冬四季，抒情主人是一位香闺中的女子。

第一支曲子是写春季到来，由子规鸟的鸣叫声而引发的闺怨。子规即杜鹃鸟，古人以为其啼叫声似言“不如归去”，唐宋以来诗词中常用以作思归或催人归来之词。如宋梅尧臣《杜鹃》诗：“不如归去语，亦自古来传。”晁补之《满江红·寄内》：“归去来，莫教子规啼，芳菲歇。”关汉卿此作中的女子是借子规鸟抱怨自己的情郎，鸟的鸣叫声果然把春天带回来了，可你却还不归来。不仅人未归，甚至一春也没个信儿来。鱼雁：书信的代称。闺中人因此日渐憔悴，心中空空荡荡，没有着落，也就越发觉飞舞的那柳絮也都是“虚飘飘”的了。偏偏又看见双飞燕子忙着衔泥筑巢。则见：只见。斗衔泥：争相衔泥作巢，斗，比也、争也。用成双成对的鸟儿来写孤单之人敏感的内心活动，这是中国古典诗歌中最常见的手法之一。诗中有沈佺期的《独不见》：“卢家少妇郁金香，海燕双栖玳瑁梁。”词中有温庭筠的【菩萨蛮】：“新帖绣罗襦，双双金鹧鸪。”这里特意强调双燕相亲相爱，争相衔泥筑巢，以此反衬出自己独守空房的孤寂。

第二支曲子写夏日相思。开头一声“俏冤家”表现出闺中女子浓浓的爱意，进而由爱而生出抱怨，“偏那里绿杨堪系马？”那口气分明是在说偏偏只有外边留得住你，下一句活用张敞画眉的典故。据《汉书·张敞传》，张敞虽贵为京兆尹，然而素无威仪，有人向汉宣帝告发他“为妇画眉”，

帝以此事问之，他理直气壮地说：“臣闻闺房之内，夫妇之私，有过于画眉者。”后来人们经常以此表现夫妻恩爱之情。这里说“蛾眉淡了教谁画”，显然是对两人分离的现状不满。“瘦岩岩”，形容消瘦、瘦弱的样子。因相思憔悴，更无心打扮，故说“羞带石榴花”。中国自古就有“女为悦己者容”的说法，《诗经·卫风·伯兮》中也曾写道“自伯之东，首如飞蓬。岂无膏沐，谁适为容？”这个困坐在南窗下的小女子，在这样一个夏天，除了无数次的“数对清风思念他”之外，似乎再无其他事情可做了。爱情就是她的一切，是她全部的生活，没有爱情，她完全是一副心灰意懒，生趣全无的样子。

第三支曲子写秋夜因相思而失眠。在这个漫长的夜晚，她耳边全是风声、雨声，那不住的潇潇秋雨其实就是在替她落泪，所以说“扑簌簌泪点抛”。而秋蝉和蟋蟀的鸣叫，又何尝不是在替她啼哭呢。寒蛩(qióng)：秋虫之一种，这里特指蟋蟀。其中“便做陈抟睡不着”一句用典。陈抟(tuán)，字图南，号扶摇子，宋初著名道人、隐士。曾修道于华山，主张以睡眠养生，据说曾学成睡功“锁鼻术”，时常一眠数月不起，人称“睡仙”。这里以陈抟也难入睡反衬自己相思之苦。本曲实与李煜【长相思】下阕“秋风多，雨相和，帘外芭蕉三两窠。夜长人奈何”的语意相近。

最后一支曲子写年终独自凭栏。一年四季下来，直到纷纷扬扬漫天飘下雪花来，这意味着她惦念着的那个人今年是不会回来了。可以预料，到得明春，又是一个轮回的四季相思，“不由人不断魂”。断魂：这里形容因思念而极度悲伤。抬眼望去，雪中一切皆模糊不清，“那里是清江江上村？”那里：同“哪里”。这一句既是在写眼中所见茫茫白雪景色，也是在写自己内心的迷惘。“瘦损江梅韵”一句有多重含义。字面上是说女主人因相思而消瘦憔悴，如同江畔之梅花。江梅系梅树之一种，因多野生于江边，故名。梅花冬日开放，其时枝头无叶，地上无草，花朵点缀于枯枝间，尤显孤单。以此景形容闺中人非常贴切。而在我们的文化传统中，很早就有折梅寄人的典故。南朝陆凯《赠范晔》：“折花逢驿使，寄与陇头人。江南无所有，聊赠一枝春。”折一枝南国的梅花寄予北地的好友，以此寄托自己的一片真情。南朝乐府《西洲曲》开头便是“忆梅下西洲，折梅寄江北。单衫杏子红，双鬓鸦雏色”，写一个黑发红衣女子的四季相思。到了唐代，诗人王维在京城想念家人，也曾写过一首题为《杂诗》绝句：“君自故乡来，应知故乡事。来日绮窗前，寒梅著花未。”梅花和“绮窗”的组合显然寄托有相思之情。更进一步说，江梅还让人联想起一个名叫江采萍的女子，即唐玄宗曾经异常宠爱的梅妃。姣好美丽的江采萍不仅长于诗文，还善歌舞、通乐器，多才多艺而又气质不凡，是个才貌双全的奇女子。即便如此，唐玄宗恋上杨玉环后，却将梅妃贬入上阳冷宫。梅妃的事正史无载，全出于宋代传奇小说《梅妃传》，但影响极大。以此自喻，定是内心凄苦不堪，故最后一句叹息道：“好一个憔悴的凭栏人！”

本组作品的写作特点很明显，就是分别按一年四节的顺序，以各自不同季节中最具代表性的自然景物来抒发相思之情。春日写杜鹃鸟鸣、柳絮飞飘、燕子衔泥，夏天写浓绿的杨柳、红石榴花，秋天写寒蝉鸣蛩、风雨长夜，冬天则是写雪掩重门和梅瘦江边。这些四季之景并无独特之处，妙在关汉卿能将这一切与相思女复杂、微妙的心理变化极为自然地融为一体，使得作品风格既细腻委婉，又本色流畅。

【南吕·一枝花】《不伏老》（套曲）

攀出墙朵朵花，折临路枝枝柳。花攀红蕊嫩，柳折翠条柔，浪子风流。凭着我折柳攀花手，直煞得花残柳败休。半生来折柳攀花，一世里眠花卧柳。

【梁州】我是个普天下郎君领袖，盖世界浪子班头。愿朱颜不改常依旧，花中消遣，酒内忘忧。分茶攧竹，打马藏阄；通五音六律滑熟，甚闲愁到我心头！伴的是银筝女、银台前、理银筝、笑倚银屏，伴的是玉天仙、携玉手、并玉肩、同登玉楼，伴的是金钗客、歌《金缕》、捧金樽、满泛金瓯。你道我老也，暂休。占排场风月功名首，更玲珑又剔透。我是个锦阵花营都帅头，曾玩府游州。

【隔尾】子弟每是个茅草冈、沙土窝初生的兔羔儿乍向围场上走，我是个经笼罩、受索网苍翎毛老野鸡蹅踏的阵马儿熟。经了些窝弓冷箭蜡枪头，不曾落人后。恰不道人到中年万事休，我怎肯虚度了春秋！

【尾】我是个蒸不烂、煮不熟、捶不匾、炒不爆，响当当一粒铜豌豆，恁子弟每谁教你钻入他锄不断、斫不下、解不开、顿不脱慢腾腾千层锦套头。我玩的是梁园月，饮的是东京酒，赏的是洛阳花，攀的是章台柳。我也会围棋、会蹴踘、会打围、会插科、会歌舞、会吹弹、会咽作、会吟诗、会双陆。你便是落了我牙、歪了我嘴、瘸了我腿、折了我手，天赐与我这几般儿歹症候，尚兀自不肯休。则除是阎王亲自唤，神鬼自来勾，三魂归地府，七魄丧冥幽，天那，那其间才不向烟花路儿上走！

元人熊自得《析津志》曾这样描述关汉卿的性格："生而倜傥，博学能文，滑稽多智，蕴藉风流，为一时之冠。"读一读关汉卿本人的【南吕·一枝花】《不伏老》套数，你会觉得此言不虚。这是一首带有自述性质的套曲，文气狂放，口吻生动，历来为人所称道，成为元散曲中最著名的套曲代表作之一。

开篇【一枝花】反复以花、柳铺写自己的"浪子风流"。放眼中国历史和文学史，有这么一种现象值得深思：举个稍早一点的例子，据《史记·魏公子列传》载，因窃符救赵立下大功的魏公子无忌被授上将军印，后遭魏安釐王的猜忌，"乃谢病不朝，与宾客为长夜饮，饮醇酒，多近妇女。日夜为乐饮者四岁，竟病酒而卒"。同样，《晋书·谢安传》记，夙有天下大志的谢安早年未出仕时，也曾"放情丘壑，然每游赏，必以妓女从"。刘义庆《世说新语·识鉴》篇甚至直接说"谢公在东山畜妓"。引得李白感慨颇多，遂有"安石东山三十春，傲然携妓出风尘。楼中见我金陵子，何似阳台云雨人"（见《出妓金陵子呈卢六四首》之一）的诗句。文学史中类似的例子更是不胜枚举，大家最熟悉的莫过于宋代的词作者柳永了，因科场不利，功名难成，遂流连青楼，沉湎于红粉知己当中。就连著名的爱国英雄辛弃疾在【水龙吟】《登建康赏心亭》中也写下过这样的句子："倩何人，换取红巾翠袖，揾英雄泪。"表面上看似乎豪气都尽，颓废不堪，实际上却真实地表现出作者因时光流逝而生出的壮志难酬的悲哀。尤其是在叹息岁月蹉跎、年华虚度的同时，更抒发了知音难觅，无人理解的孤独和伤感之情。唯有了解了以上行为所包含的深刻、复杂的社会内涵，才不会误解关汉卿这支套曲中所说的"花中消遣，酒内忘忧"以及至死也要走这条"烟花路"的真实含义。

与此前同类作品不同的地方更值得我们注意：在这支著名的套曲中，

一扫以往类似题材中的悲壮、伤怀之感，代之以少有的自信与豪迈之气。比如他公然宣称自己是“普天下郎君领袖，盖世界浪子班头”。又自夸是“占排场风月功名首……我是个锦阵花营都帅头”等。这种自豪感不仅仅是出于特立独行的理念，也有其自身引以为荣的才艺基础。

关汉卿在第二支曲子【梁州】中提到自己会“分茶攧竹，打马藏阄；通五音六律滑熟”。其中分茶属于宋代以来流行的一种精致茶艺，攧竹是一种通过摇动竹筒使其中某支竹签跌出，视签上标志以决胜负的游戏。而当时所谓打马，或即与今天的打麻将有一定的渊源。藏阄：当类似于今天的抓阄之戏。至于说精通音乐声律，那更可以说是他的本行。据臧晋叔《元曲选·序》说，关汉卿能写会唱，还曾亲自粉墨登场：“躬践排场，面傅粉墨，以为我家生活，偶倡优而不辞。”在尾曲中，作者又如数家珍地罗列出自己出众的才艺：“我也会围棋、会蹴踘（即踢皮球）、会打围（玩骨牌，古代游戏之一种）、会插科（又称插科打诨或插科使砌，即逗乐子，特指在表演时即兴穿插进去的引人发笑的语言或动作）、会歌舞、会吹弹、会咽作（当为一种特别的演唱技艺，具体不详）、会吟诗、会双陆（一种流行的博戏，其玩法今已失传）。”能精熟于这么多的技艺，看来作者的确禀赋极高，聪颖过人。

套曲的最后一段就是作者的宣言。他形象地把自己比作是“蒸不烂、煮不熟、捶不匾、炒不爆，响当当一粒铜豌豆”，并声称是“天赐与我这几般儿歹症候……则除是阎王亲自唤，神鬼自来勾，三魂归地府，七魄丧冥幽，天那，那其间才不向烟花路儿上走！”这种价值取向似乎是与生俱来的，谁也不可能从根本上改变——这就很像整天浸泡在红粉知己中却不愿谈论“仕途经济”之事的贾宝玉了。《红楼梦》第二回写宝玉满周岁时，贾政想预测儿子未来的志向，“便将那世上所有之物摆了无数”，让宝玉去抓。结果是宝玉对于那些纸墨、笔砚、书本以及金元宝等物“一概不取，伸手只把些脂粉钗环抓来”。惹得贾政勃然大怒，说他“将来酒色之徒耳”。果然长大后宝玉有了“那爱红的毛病儿”，整天调脂弄粉，尤其喜欢去吃女孩儿嘴上擦的胭脂。其实无论是曹雪芹笔下的“宝哥哥”还是关汉卿曲中的“浪子班头”，他们的行为方式都有很大的艺术夸张成分，具有某种象征意义，其中分明带有对正统道德价值观的挑衅意味，绝不可凿实。关汉卿不仅是一个“风流浪子”，在他刻意渲染的玩世不恭的外表下面，包含着对人生的热爱，对自由的向往，对个性解放的不懈追求以及由此而来的不屈不挠、坚定顽强的斗争精神，实际上也是在当时特定的社会背景下，受平民意识、市民文化的影响而产生出的一种新型文人人格的具体体现。因此这一形象也可看作是对以关汉卿为代表的书会才人们的普遍精神面貌的艺术写照。和贾宝玉一样，他们都是封建社会的叛逆者。

与其所表现的内容相适应，作为关汉卿散曲的代表作，这支套曲立意奇特，构思新颖，语言高度个格化，风格泼辣诙谐，充分体现了关汉卿本色当行的创作风格。

首先，大量运用“衬字”，构成灵活多变伸缩自如的句式。散曲的格式本来就比诗词多变，可以根据内容的需要，突破规定曲牌的字数进行加字增句。所谓衬字，指的是在具体写作过程中于曲牌本格之外另行增加上的字。如本篇尾曲首句把“我是一个铜豌豆”的本格句式增衬成了“我是个蒸不烂、煮不熟、捶不匾、炒不爆，响当当一粒铜豌豆”，连贯而下的二十多字一气呵成，显得语气生动活泼，口吻流利自然，即便是在元散曲中也是极少见的长句式。

其次，套曲中运用一系列的排比、对仗，形成独特的节奏，给人以淋漓痛快之感。像连续三句对仗的“鼎足对”即是一例:“伴的是银筝女、银台前、理银筝、笑倚银屏，伴的是玉天仙、携玉手、并玉肩、同登玉楼，伴的是金钗客、歌《金缕》、捧金樽、满泛金瓯。”三句之内，先后叠用“银”“玉”“金”字，每句于相同的位置叠用竟达到四次之多，形成少有的鼎足长对，显示出作者极高的语言驾驭能力。

最后，尽管句式较长，但节奏紧凑，连贯性强，形成类似京剧里那种紧打慢唱的旋律。加以语词明显地具有口语化的特点，这就与传统文人诗词所推崇的含蓄顿挫的风格截然不同，表现出明快显豁、自然酣畅，舒卷自如的审美取向。

总之，这一套曲是关汉卿思想、性格和生活态度的真实写照，也恰如其分地印证了元明之际贾仲明称其为“驱梨园领袖，总编修帅首，捻杂剧班头”（《凌波仙》）的评语。

白朴（1226—1306年以后），字太素，一字仁甫，号兰谷，隩州（今山西河曲）人。元代著名文学家，为“元曲四大家”之一。父白华为金宣宗三年（1215年）进士，官至枢密院判；叔父白贲有诗名。白家与元好问父子为世交，过从甚密。金哀宗时，元军攻汴京城，纵兵大掠，白朴母子相失，幸赖元好问收留，携带白朴姐弟渡河北上，流寓山东聊城、冠氏（今山东冠县）。后元好问将白朴姐弟送归，使失散数年的父子得以团聚，并迁居于真定（今河北正定）。白朴晚岁寓居金陵（今江苏南京），主要在杭州、扬州一带游历，终身未仕。一生所作杂剧多达十六种，代表作有《梧桐雨》《墙头马上》等。散曲现存小令三十多首、套数四支，风格婉约清丽。

【双调·庆东原】

忘忧草，含笑花，劝君闻早冠宜挂。那里也能言陆贾？那里也良谋子牙？那里也豪气张华？千古是非心，一夕渔樵话。

本曲系叹世之作。忘忧草：即萱草，又作“谖草”。其花黄色，俗称“金针菜”，可食。据《博物志》载：“萱草，食之令人好欢乐，忘忧思，故曰忘忧草。”含笑花：木兰之一种，初夏开花，其色微黄，有香蕉气味。因其初开时如含笑状，故名。草木无情，竟能含笑、忘忧，作者因此劝人趁早辞官归隐，尽情享受这些大自然的恩赐。按，“挂冠”之典出自范晔《后汉书·逢萌传》:“时王莽杀其子宇，萌谓友人曰：三纲绝矣！不去，祸将及人。即解冠挂东都城门，归。”

与大自然的永恒相反，人世无常，谁也不能长享荣华富贵。下面便举出陆贾、姜尚、张华的例子来做对比。陆贾：秦汉时楚地人，有口才、善辩，早年追随刘邦平定天下，汉建国初，奉命出使南越（今两广一带)，招谕故秦南海尉赵佗臣属汉朝，立为南越王，陆贾也因此而擢升为太中大夫。曾著《新语》十二篇，总结秦亡之经验教训，开启了后来贾谊、董仲舒等儒学的思想的先声。

子牙：即姜尚，名望，字子牙。早年贫寒，垂钓磻溪（今陕西宝鸡东南)，遇周文王，被封为太师、尊称“师尚父”，辅佐周文王、武王灭商。因功封于齐，成为齐国的始祖，因称“太公望”，俗称“姜太公”。姜子牙是中国历史上最享盛名的政治家、军事家，尤以计谋韬略见长，在我国战争史上占有重要地位，对后世兵家思想有着深远的影响。世传《六韬》一书即反映了他的军事谋略思想。

张华：字茂先，范阳方城（今河北固安）人，西晋政治家、文学家。幼年丧父，家贫勤学，任曹魏太常博士，迁佐著作郎等。西晋代魏后，迁黄门侍郎，官至司空、封壮武郡公。张华爱喜奖掖人才，博学多能，编有《博物志》一书。晋惠帝“八王之乱”时，被赵王司马伦杀害，夷灭三族。

如果说五十九岁就被杀的张华说明了官场的残酷无情，那么七十岁寿终正寝的陆贾现在又在哪里呢？即便是相传活了将近一百四十岁的姜子牙现在又能怎么样呢？在这里，作者已跳出单纯地指责官场险恶、世态炎凉，而是让读者思考人生究竟是为了什么。无论是能言善辩的陆贾，还是文韬武略的姜尚，抑或是博学多才的张华，这一切当时轰轰烈烈的事业现在看来都烟消云散、了无痕迹了。换句话说，那些所谓的雄心壮志、功名富贵都是虚妄的身外之事。不过是为后人留下茶余饭后的谈资而已：“千古是非心，一夕渔樵话。”

关于“千古是非心，一夕渔樵话”，古人经常有类似的感慨。如宋张升【离亭燕】:“多少六朝兴废事，尽入渔樵闲话。”陈与义【临江仙】:“古今多少事，渔唱起三更。”和白朴几乎同时的马致远的套曲【双调·夜行船】

《秋思》中也有“想秦宫汉阙，都做了衰草牛羊野。不恁么渔樵没话说”的句子。周德清【朝天子】:“叹浮生，数落花。楚家、汉家，做了渔樵话。”至后来明代的杨慎【临江仙】“古今多少事，都付笑谈中”，均是如此。白朴还曾在【双调·沉醉东风】《渔父》一曲中有过类似表述:“黄芦岸白蘋渡口，绿柳堤红蓼滩头。虽无刎颈交，却有忘机友，点秋江白鹭沙鸥。傲然人间万户侯，不识字烟波钓叟。”钓叟居然可以傲视万户侯！在作者看来，砍柴打鱼的生活平静而充实，不必像张华那样付出以性命为代价，这样的生活已很令人满足。白朴另有一首【中吕·阳春曲】《知几》说的也是这个意思:“知荣知辱牢缄口，谁是谁非暗点头。诗书丛里且淹留。闲袖手，贫煞也风流。”作者反复吟咏的正是要提醒世人，生活中什么事是最重要的，什么事是最真实的，这难道不值得我们今天的人思考吗？

卢挚（约1242—1314年之后），字处道，一字莘老，号疏斋，又号蒿翁。涿郡(今河北涿州市)人。由诸生进身为元世祖忽必烈侍臣，累迁河南路总管，为元世祖较早起用的汉族文人之一。大德初，授集贤学士，出为湖南廉访使，迁江东道廉访使。复入京为翰林学士，迁承旨，晚年客寓安徽宣城。卢挚学识深厚，文望甚盛，诗文与刘因、姚燧齐名，与杂剧作者白朴、马致远以及朱帘秀等艺人有较多来往。著有《疏斋集》《文章宗旨》等，散曲今存小令一百二十余首，其中尤善写怀古题材，语言本色天然，风格流丽生动。

【中吕·喜春来】

春云巧似山翁帽，古柳横为独木桥，风微尘软落红飘。沙岸好，草色上罗袍。

此曲写暮春景色，特点在于把原本毫无意识的自然美景写成似是有意主动来与人亲近。

首句表面上是以山比人、以云喻帽，说春天的云朵罩在青山之巅，巧如给大山戴上一顶白帽子。其中却又暗用了山简春游的典故。据《世说新语·任诞》篇载，山简镇守襄阳时，每喜出游，常大醉骑马而归，时人歌云：“日暮倒载归，酩酊无所知。复能乘骏马，倒着白接篱。”白接篱是一种白色的帽子。李白就曾在《襄阳歌》一诗中说：“落日欲没岘山西，倒着接篱花下迷。襄阳小儿齐拍手，拦街争唱《白铜鞮》。旁人借问笑何事，笑杀山公醉似泥。”白云于青山之上弄巧作态，变幻万千，正让作者联想起当日山翁倒戴白帽，陶醉于春日山水之美。而河边古柳，其枝横斜于水面之上，恰为游人提供过河之便。“风微尘软”四字，正能描摹出春日特有的微妙细腻之感。正是在这几乎感觉不到的微风轻尘之中，不经意间，花瓣飘舞。此处虽写暮春之景，却并无颓废伤感之意。那青山白云、古柳小桥、微风落花，这一切都是自在随性之现象，诗人已完全融入其中而不自知，所谓“物我两忘”矣。

最后一句“草色上罗袍”为点睛之笔。一个“上”字，写出了大自然的有意和主动。按，草色与人衣之联系，早在南朝江总之妻《赋庭草》一诗中便写过了：“雨过草芊芊，连云锁南陌。门前君试看，是妾罗裙色。”晚唐牛希济【生查子】词化而为“记得绿罗裙，处处怜芳草”。但均限于男女之爱情，俗语有所谓“拈花惹草”者，也是这个思路。唐代草书大家张旭善写诗，其《山行留客》绝句却用这个言情的路数来写自然风光：“山光物态弄春晖，莫为轻阴便拟归。纵使晴明无雨色，入云深处亦沾衣。”突出了山中云雾打湿游人身上衣衫的场景。而王维的《山中》又强调了这水汽的颜色是翠绿色的：“山路元无雨，空翠湿人衣。”到了卢挚这里就更干脆，直接说草色染绿了我的衣衫。正是人能忘我，才觉物来亲人。明代谢榛《四溟诗话》云：“思入杳冥，则无我无物，诗之造玄矣哉！”此曲便是一例。并且能将唐诗之典雅蕴藉一变而为自然活泼，生动有趣，很好地表现出元前期北散曲作家清丽派的特色。贯云石《阳春白雪序》评卢挚之曲“如仙女寻春，自然笑傲”，信然。

【双调·沉醉东风】《秋景》

挂绝壁松枯倒倚，落残霞孤鹜齐飞。四围不尽山，一望无穷水，散西风满天秋意。夜静云帆月影低，载我在潇湘画里。

卢挚现存散曲小令中有【双调·沉醉东风】十三首，这一首当是他于大德初年五十来岁时持宪湖南廉访使时所作。

劈头两句分别化用唐人诗文名句。首句出自李白《蜀道难》："连峰去天不盈尺，枯松倒挂倚绝壁。"次句出自王勃《滕王阁序》："落霞与孤鹜齐飞，秋水共长天一色。"作者将视角由绝壁上的一株枯松移开来，放眼看去，依次写天上云霞，四周山色以及望中流水，随后"散西风满天秋意"一句，紧扣题目《秋景》二字。这时作者又将视线从阔大的天地山水之间收回来，把我们的注意力引导到夜幕月影下的云帆行船上。

最后以"载我在潇湘画里"一句做结，把自己收入其中，又外化作

可供人欣赏的山水图卷。这种手法古诗中常见，如陆游《湖上晚望》:“峰顶夕阳烟际水，分明六幅巨然山”，以北宋初年著名画家巨然的山水画比湖上美景。关于潇湘美景与诗歌的联姻，也是由来已久。潇水和湘江汇流于湖南永州，中唐以后，“潇湘”逐渐成为湖南的代称。沈括《梦溪笔谈》卷十七载，北宋时宋迪曾选取湖南湘江、潇水一带的景色，绘制了《潇湘八景图》,人谓之“无声诗”;北宋末诗僧惠洪为《潇湘八景图》各赋一诗,谓之“有声画”。而和卢挚同时的马致远曾写了一组共八首【双调·寿阳曲】《潇湘八景》小令，无独有偶，元代画家张远也有《潇湘八景图》，今藏于上海博物馆。与苏轼那句名言“诗中有画”、“画中有诗”不同在于，卢挚“载我在潇湘画里”还有个非常有意思的微妙之处——作者竟然把自己客体化为一个审美对象，让自己的形象成为了以美丽潇湘为背景的山水图卷中的一部分，并供读者来欣赏。这让人联想起现代著名画家徐悲鸿创作大型油画《田横五百士》时，把自己和妻子蒋碧薇以及他们的孩子的形象都画了进去，融入其中，成为画面的有机组成部分。艺术创作在本质上都是相通的。

卢挚的这首【双调·沉醉东风】《秋景》风格疏朗明丽，意境安详平和，颇有大家之气。

【双调·沉醉东风】《对酒》

对酒问人生几何，被无情日月消磨。炼成腹内丹，泼煞心头火，葫芦提醉中闲过，万里云山入浩歌，一任傍人笑我。

本曲当为作者中年以后所写。首句将曹操《短歌行》“对酒当歌，人生几何”二句合为一句，随后点出日月无情。只有酒可使人忘却人生烦恼。关于这一点，作者【双调·殿前欢】《八葫芦》（四首）之一曾经写道：“酒杯浓，一葫芦春色醉山翁。一葫芦酒压花梢重，随我奚童。葫芦干兴不穷，谁人共，一带青山送。风乘列子，列子乘风。”要达到像列子那样与清风混一无别的自由逍遥境界，便需要自我修炼。腹内丹：道教所谓炼丹术之一种。炼丹术源于秦汉时的神仙方术，即通过各种秘法烧制丹药，用来服食以求长生。随着道教的逐步发展，至两宋之际，炼丹术又有内、外之别。凡主张以身体为鼎炉，用以习炼人的精气神的，均称为“内丹”。苏轼《送蹇道士归庐山》诗：“绵绵不绝微风里，内外丹成一弹指。”陈师道注云：“道家以烹炼金石为外丹；龙虎胎息，吐故纳新为内丹。”此处所说“炼成腹内丹”，意为身经世事磨难，遍观人生百态，自己内心以似枯井不波，早忘却了人间是非，因此也就不存有半点个人的私心杂念了——“泼煞心头火”。泼煞：系当时口语，即今之所谓浇灭。心头火：比喻名利欲望。

“葫芦提醉中闲过”一句，表面上看是万事不关心，只求一醉。内地里却有冷眼静观，不再置身是非之中的意思。葫芦提：当时的俗语，稀里糊涂地。当郑板桥写下“难得糊涂”四个字时，他其实一点也不糊涂，只是不再操那些闲心罢了。也只有如此，才能真正达到作者所追求的人生最高境界：“万里云山入浩歌，一任傍人笑我。”最后这句，可以参考作者【双调·殿前欢】《八葫芦》（四首）之二：“酒频沽，正花间山鸟唤提壶。一葫芦提在花深处，任意狂疏。一葫芦够也无？临时觑，不够时重沽去。任三闾笑我，我笑三闾。”屈原曾为楚三闾大夫，其被流放时曾有“世人皆醉我独醒”的感慨。这世上究竟谁是可笑之人？明代才子唐寅（字伯虎）《桃花庵歌》最后四句可为之作注：“别人笑我忒疯癫，我笑他人看不穿。不见五陵豪杰墓，无花无酒锄作田。”

元代徐明善《芳谷集·疏斋卢公文后集序》称卢挚的曲文“尽弃古今拙陋之意，虽抽英搴藻，穷极绚粲。而与化工侔巧，不失自然，兹为妙矣”。以本篇衡之，可谓知音。

【双调·蟾宫曲】《箕山感怀》

巢由后隐者谁何？试屈指高人，却也无多。渔父严陵，农夫陶令，尽会婆娑。五柳庄瓷瓯瓦钵，七里滩雨笠烟蓑。好处如何？三径秋香，万古苍波。

卢挚最擅长写咏史怀古之作，所作【双调·蟾宫曲】近四十首，其中二十六首为咏史怀古题材。本首《箕山感怀》为其压篇之作。

箕山在河南登封之东南，相传是唐尧时巢父、许由隐居的地方。晋皇甫谧《高士传》记载，尧让天下于许由，许由不受而逃至箕山之下，洗耳于颍水滨。时巢父饮牛于此，见许由洗耳，便问其故。许由对曰："尧欲召我为九州长，恶闻其声，是故洗耳。"巢父曰："子若处高岸深谷，谁能见之？子故浮游，欲闻求其名声，污吾犊口！"遂牵牛上游饮之。卢挚本曲即有感于此事而作。

巢父、许由之后，真正的隐士高人实在少得屈指可数，也就剩下严子陵和陶渊明了。严陵：东汉著名隐士严子陵的省称。他少有高名，曾与刘秀同游。后刘秀起兵，于建武元年（25年）即位为光武帝。严子陵不慕权势，多次回绝刘秀的延聘，隐名埋姓，垂钓于浙江桐庐富春江畔之七里滩，年八十而卒。陶令：指东晋诗人陶渊明，曾为彭泽令，故称。因不满官场黑暗而挂印去职，归隐故里。其宅边植五株柳，自号"五柳先生"，并作有《五柳先生传》，所以这里称他隐居的地方为"五柳庄"。"尽会婆娑"的婆娑，原是形容舞姿之曼妙美好，此处意为自在逍遥。

最后两句为一联语，前句化用陶渊明《归去来兮辞》中"三径就荒，松菊犹存，携幼入室，有酒盈樽"之句，熏染出陶醉于大自然的一派天然情趣。后句"万古苍波"即描叙富春江水一望无际之浩渺苍茫，以此衬托隐士超脱旷达之精神境界。元代科举几废，文人正常的进身仕途被中断，元曲作家们很少有做官的。再加上作者的个人价值取向，散曲中写追慕隐者高士的题材非常多见。即如卢挚本人便有诸多类似作品，下举一首【双调·沉醉东风】《闲居》为例：

学邵平坡前种瓜，学渊明篱下栽花。旋凿开菡萏池，高竖起荼蘼架，闷来时石鼎烹茶。无是无非快活煞，锁住了心猿意马。

卢挚曾在《文章宗旨》中提及自己的文学主张："大凡作诗，须用《三百篇》与《离骚》。言不关于世教，义不存于比兴，诗亦徒作。"可见他的创作绝非一般的吟风弄月，无病呻吟。当他不停地在作品中赞美陶渊明、严子陵时，其实就表明了自己对当时社会的一种不合作的人生态度。

刘敏中（1243—1318 年），字端甫，济南章丘（今章丘市绣惠镇）人。自幼卓异不凡，为杜仁杰所称赏，有文名。被召入仕，由中书掾擢兵部主事、监察御史等职，因弹劾权臣桑哥而辞职。后起为御史都事、翰林直学士，兼国子祭酒。一生历仕世祖、成宗、武宗三朝，为官清正，多任监察官，敢于指陈时弊。后因病辞官归乡，卒年七十六。赠光禄大夫，追封齐国公，谥文简。刘敏中长于写词，所存散曲仅下所选二首。

【正宫·黑漆弩】《村居遣兴》（二首）

长巾阔领深村住，不识我唤作伧父。掩白沙翠竹柴门，听彻秋来夜雨。闲将得失思量，往事水流东去。便宜教画却凌烟，甚是功名了处？

吾庐恰近江鸥住，更几个好事农父。对青山枕上诗成，一阵沙头风雨。酒旗只隔横塘，自过小桥沽去。尽疏狂不怕人嫌，是我生平喜处。

从《村居遣兴》的题目和所写内容上看，此曲当作于刘敏中辞官归乡后。据《元史·刘敏中传》记载："权臣桑哥秉政，敏中劾其奸邪，不报，遂辞职归其乡。"考桑哥任相在至元二十四年（1287 年）至二十八年（1291

年）之间，其时敏中恰为监察御史，劾桑哥当在至元二十六、二十七两年之间，当时作者四十七八岁。

第一首上来所写“长巾阔领”为平民所穿戴的便服，这里是指隐士的打扮。伧（cāng）父：两晋时南人讥北人粗鄙，称之为“伧父”，后用以泛指粗俗、鄙贱之人，犹言村夫。《晋书·文苑传》载，左思创作《三都赋》时，南方文士陆机听说后很不以为然，给弟弟陆云写信说：“此间有伧父，欲作《三都赋》，须其成，当以覆酒瓮耳。”结果却是左思的《三都赋》写出后，名动京师，一时“洛阳为之纸贵”。因此，“不识我唤作伧父”一句中不单纯是隐士式的低调，更有内心深处对那些官场中“不识我”的人的蔑视和嘲弄，也流露出对自身才华能力的一种自信和自豪。吴伟业《送周子俶张青琱往河南学使者幕》诗之三：“二陆来江左，三张入洛中……伧父休轻笑，吴侬雅自雄。”

“白沙翠竹柴门”一句写村居环境之美，并化用了杜甫《南邻》诗“白沙翠竹江村暮，相送柴门月色新”的语句。往事如流水一般，带走了是非得失，提醒作者看破功名利禄。因此在结尾他直接问道：“便宜教画却凌烟，甚是功名了处？”凌烟阁：唐贞观十七年，唐太宗李世民命阎立本在皇宫内三清殿旁凌烟阁内，绘制二十四位功臣的图像，皆真人大小，著名书家褚遂良为之题，以表彰他们的丰功伟业。刘敏中反问道：即便是把图像画到了凌烟阁上，又能怎样呢？追求功名就像捞取金钱一样，哪里是尽头呢？了处：即了结、了却之处。

第二首依然用前韵，铺写村居之种种乐事。第一桩便是茅庐近在江水边，有江鸥为伴。作者家乡章丘的确有一条美丽的秀江水，至今清流明澈，有水鸟盘桓其中，自是一道美景。但这里的“江鸥”还隐含有一个故事。《列子·黄帝》：“海上之人有好鸥鸟者，每旦之海上，从鸥鸟游，鸥鸟之至者百住而不止。其父曰：吾闻鸥鸟皆从汝游，汝取来，吾玩之。明日之海上，鸥鸟舞而不下也。”这个故事说的是只有把自己毫无保留地融入大自然中，江鸥才会亲近你。一旦存以机巧之心、功利之意，有捕捉获取的想法，则连鸥鸟也会远远离开你的。《庄子·天地》说：“有机事者必有机心。机心存于胸中，则纯白不备；纯白不备，则神生不定。”只有恬淡自适之人，才能得以亲近江鸥。《世说新语·言语》载：“简文入华林园，顾谓左右曰：会心处不必在远，翳然林水，便自有濠濮间想也，觉鸟兽禽鱼，自来亲人。”正反两方面的例子，其实都是一个意思。

第二桩乐事是有几个志同道合的朋友，所谓“更几个好事农父”。这当然不是一般的农夫，因为他们不单会欣赏青山绿水，而且能将之写入诗里。这就是文人隐居的第三桩乐事——诗酒风流。还有就是横塘、小桥，青山枕上、沙头风雨，这一切都是官场中那些钩心斗角的人们所不能欣赏到的美景，不是他们没有机会遇到这种景致，而是因为他们根本就不会有这种从容的心境和高洁的情趣。因此作者最后理直气壮地宣称：“尽疏狂不怕人嫌，是我生平喜处。”用今天的话说就是，不管你们说什么，这就是我的最爱！

《元史·刘敏中传》载：“敏中平生，身不怀币，口不论钱，义不苟进，进必有所匡救，援据今古，雍容不迫。”这两小令写村居生活的闲情逸兴，表现出对官场仕途的不满和厌倦，风格旷达淡雅、清新爽朗，语句流畅自然，一派山野意趣，正契合了作者的性格和人生经历。

马致远（约1250—1324年），字千里，号东篱，大都（今北京）人。青年时功名不甚得意，后曾任浙江行省务官。晚年隐居田园，衔杯自娱，卒后葬于祖茔。马致远在当时是一位“姓名香贯满梨园”的著名元曲作家，还是“元贞书会”的重要人物，被尊称为“曲状元”，代表剧作有《汉宫秋》《陈抟高卧》等。散曲现存小令百余首，套曲二十多套。

【越调·天净沙】《秋思》

枯藤老树昏鸦，小桥流水人家，古道西风瘦马。夕阳西下，断肠人在天涯。

本首小令被周德清《中原音韵·小令定格》评为“秋思之祖”。其实它本身也是其来有自。此前隋炀帝曾写过一首题为《野望》的五言绝句：“寒鸦飞数点，流水绕孤村。斜阳欲落处，一望黯销魂。”到了宋代，秦观的《满庭芳》曾化用其中意象：“斜阳外，寒鸦万点，流水绕孤村。销魂当此际……高城望断，灯火已黄昏。”金人董解元诸宫调《西厢记》中有【仙吕·赏花时】一曲云：

落日平林噪晚鸦，风袖翩翩催瘦马，一径入天涯，荒凉古岸，衰草带霜滑。瞥见个孤林端入画，篱落萧疏带浅沙。一个老大伯捕鱼虾，横桥流水。茅舍映荻花。

其中有很多意象也出现在马致远的这首小令中。不同在于马致远用

更凝练的语句将这种意境推向了极致。

首句写秋日典型荒凉景色，但荒凉之中还带有更深层的含义。藤枯树老，也就意味着经历了漫长的时间。因此当一个游子看到一株古老的大树时，很容易想起自己的家乡。所谓“故国乔木”之思，就是这个意思。所以下句紧接着“小桥流水人家”。老树、小桥、流水、人家，面对着这么一幅温馨的村居图，当读者的视线沿着那条古道逐渐延伸时，我们看到了一个骑在马背上的游子在秋风中踽踽独行。作者强调陪伴他的是一匹“瘦马”，显然意在告诉我们奔波之苦。当这个游子来到村口、看到夕阳的时候，他的内心会是怎样的呢？

这是一个非常古老的原型情结。早在《诗经·王风·君子于役》一诗中就已有很典型的表述：“日之夕矣，羊牛下来。君子于役，如之何勿思！”到了日暮时分，怎么可能不想家呢？但此时此刻，家却在万里之遥！“断肠人在天涯”一句的“断肠人”，既是此前一系列景色所引发出的情绪的主体——那个在外思乡的游子，又是这种情绪的感受者和体验者。秋日黄昏特定的场景与背井离乡的游子内心的哀愁在这里产生了共鸣。这位断肠人的形象本身也就在不知不觉中融入了作者呈现给我们的那个固定画面中，成为整个意象系列里具有“点睛”之效的重要组成部分，实际上也就成为了读者体验、感受的客体。就像稍后的张养浩在【中吕·朝天曲】中所写：“看鸥鹭闲游戏。农父渔翁，贪营活计，不知他在图画里。”现代诗人卞之琳的《断章》也采用了这种手法：

你站在桥上看风景，看风景的人在楼上看你。

明月装饰了你的窗子，你装饰了别人的梦。

其实早在东汉末年的《古诗十九首》中就已有类似的表现手法了，如“青青河畔草，郁郁园中柳。盈盈楼上女，皎皎当窗牖。娥娥红粉妆，纤纤出素手。昔为倡家女，今为荡子妇，荡子行不归，空床难独守”诗。歌是写一个独守空房的少妇的孤独和寂寞，但这女子本身的形象——“盈盈”“皎皎”“娥娥”“纤纤”等，却成为供人欣赏的意象。换句话说，她被塑造成了孤独寂寞的承受者，同时，她实际也是这种情绪的主要制造者。

最后这一句使整个作品染上了浓浓的乡思之忧。如果没有这句，前面的所有景色都只不过是大自然中的一部分而已，其与人的感情联系并不明显。同时期的白朴也写过一首【越调·天净沙】《秋》：“孤村落日残霞，清烟老树昏鸦。一点飞鸿影下。青山绿水，白草红叶黄花。”基本一样的老树、昏鸦、孤村、落日，意境却有本质性的不同。因为笔墨仅仅局限于对景物的描摹，所以缺少感人的力量。无名氏【仙吕·醉中天】也基本上运用了相同的意象：

老树悬藤挂，落日映残霞。隐隐平林噪晚鸦，一带山如画。懒设设鞭催瘦马。夕阳西下，竹篱茅舍人家。

尽管其中有“懒设设”一词透露出了些许人物情绪，但和马致远“断肠人在天涯”一句相较，分量明显不足。而元代晚期的王仲元的【中吕·普天乐】《旅况》写得就比较到位：

树杈丫，藤缠挂，冲烟塞雁，接翅昏鸦。展江乡水墨图，列湖口潇湘画。过浦穿溪沿江汉，问孤航夜泊谁家。无聊倦客，伤心逆旅，恨满天涯。

最后一句“恨满天涯”的重要性就不言自明。由此也可看出马致远的这首小令影响之大。

以往学者们多把作者的用词，如枯、老、昏、古、瘦、夕等所渲染出的悲凉情绪作为其突出的艺术特点。除此之外，似乎还有一点需要强调，即每一句所写场景都是动与静的完美结合，由此营造出全篇高妙统一的艺术境界。如首句以枯藤、老树之静与昏鸦之动相衬，次句以流水之动衬托小桥、人家之静，第三句的古道与瘦马也是如此。而全篇也能化动为静，把那个到处游走的旅者凝定到完整的画面中，使得秋日夕阳成为整个画面的点缀背景。无怪乎近代著名文学评论家王国维在《宋元戏曲考·元剧之文章》中将之评为“纯是天籁”、“深得唐人绝句妙境”。

【双调·拨不断】《归隐》

菊花开，正归来。伴虎溪僧、鹤林友、龙山客，似杜工部、陶渊明、李太白，有洞庭柑、东阳酒、西湖蟹。哎，楚三闾休怪！

此曲起首二句用陶渊明辞官归田、东篱赏菊之事。紧接着便以他所擅长的三个对仗的鼎足句极力铺排归隐生活的快乐：“伴虎溪僧、鹤林友、龙山客，似杜工部、陶渊明、李太白，有洞庭柑、东阳酒、西湖蟹。”虎溪僧：指晋代著名高僧慧远，其所在庐山东林寺前有虎溪。传说慧远一心弘传净土宗旨，三十余年影不出山，凡送客以虎溪为界。鹤林友：即五代时道士殷天祥，据传他曾在镇江鹤林寺作法，使杜鹃花秋天绽放。龙山客：晋代名士孟嘉。时征西大将军桓温携宾客秋游湖北龙山，参军孟嘉随从，帽子被风吹落而不自知，遭到取笑而泰然自若，从容作答，四座叹服。这三人均为高士，且佛、道、儒都齐了。而下面所列的三人杜甫（因曾任检校工部员外郎，故称“杜工部”）、陶潜（字渊明）和李白（字太白）是历代都崇拜的杰出的诗人，是以文学创作而留名天下的，也就是马致远心中的榜样。再加上洞庭的柑橘、浙江东阳的美酒以及杭州西湖的螃蟹，这样的归隐生活，有志同道合的朋友，有高雅诗歌艺术，又有美酒美食，难道还不知足吗？因而最后他才用调侃的口吻说了句：“楚三闾休怪！”楚三闾：指屈原，以其曾任楚国三闾大夫之职，故名。表面说屈原大夫休要责怪我啊，骨子里却是在责怪屈原太过执着认真了。按，作者还有一首同调作品：

酒杯深，故人心，相逢且莫推辞饮。君若歌时我慢斟，屈原清死由他恁。醉和醒争甚？

最后一句也同样是在借屈原说事。

元代虽然是在蒙古贵族统治下的社会，但其对文人的思想驯化相对薄弱，因此当时文人的精神世界也就相对宽松些。表现在创作中，一个

共同的地方就是把长期以来传统所公认的东西重新加以解释。比如对于屈原，这个本来是被歌颂赞扬的典型形象，在他们笔下却经常被刻画成固执、死板的面目。最典型的莫过于和马致远几乎同时的贯云石所作的【双调·殿前欢】《吊屈原》：

楚怀王，忠臣跳入汨罗江。《离骚》读罢空惆怅，日月同光。伤心来笑一场，笑你个三闾强，为甚不身心放？沧浪污你？你污沧浪？

表面上是指斥屈原只认死理，其实却是间接抨击了当时社会政治的黑暗，所谓哀莫大于心死，懒得与之较真，当马致远说“楚三闾休怪”时，其实一点也没有否定屈原本人的意思，而是委婉地说如今的统治者糟糕到了何种程度，以至于我都不屑与之为伍，更别说为它去卖命出力了。正是从这种情绪中考量，此曲当为其晚年所作。

【双调·夜行船】《秋思》（套曲）

百岁光阴一梦蝶，重回首往事堪嗟。今日春来，明朝花谢，急罚盏夜阑灯灭。

【乔木查】想秦宫汉阙，都做了衰草牛羊野。不恁么渔樵没话说。纵荒坟横断碑，不辨龙蛇。

【庆宣和】投至狐踪与兔穴，多少豪杰！鼎足虽坚半腰里折，魏耶？晋耶？

【落梅风】天教你富，莫太奢。没多时好天良夜。富家儿更做道你心似铁，争辜负了锦堂风月。

【风入松】眼前红日又西斜，疾似下坡车。不争镜里添白雪，上床与鞋履相别。休笑巢鸠计拙，葫芦提一向装呆。

【拨不断】利名竭，是非绝。红尘不向门前惹，绿树偏宜屋角遮，青山正补墙头缺。更那堪竹篱茅舍。

【离亭宴煞】蛩吟罢一觉才宁贴，鸡鸣时万事无休歇。何年是彻？看密匝匝蚁排兵，乱纷纷蜂酿蜜，急攘攘蝇争血。裴公绿野堂，陶令白莲社，爱秋来时那些：和露摘黄花，带霜分紫蟹，煮酒烧红叶。想人生有限杯，浑几个重阳节？人问我顽童记者："便北海探吾来，道东篱醉了也。"

马致远的这一套数共由七支曲牌组成，表现出对功名利禄的厌恶和对现实社会的不满，抒写了自己所向往的生活志趣和人生态度。

中国文学中历来有少女怀春、文士悲秋的传统。自宋玉《九辩》"悲哉，秋之为气也"开始，悲秋成为古典诗词中的常见主题。本曲题为《秋思》，但开头第一支曲子却是写春景："今日春来，明朝花谢。"以花开花谢之迅疾，极写人生之短暂，照应了首句"百岁光阴一梦蝶"所发出的人生如梦之嗟叹，下面又承之以"急罚盏夜阑灯灭"。夜阑：夜尽、夜残。"急罚盏"三字表面上看是及时行乐，借酒狂欢，但由于和后面的"夜阑灯灭"连接在一起，便带有了尚不及纵情欢乐美好的时光就会一去不回的意思，从而奠定了下面六支曲子的基调。

第二、三支曲子【乔木查】和【庆宣和】叙说往昔历史上的兴亡之悲。无论秦汉魏晋，当年群雄逐鹿中原，那一番轰轰烈烈的事业，到如今却了无痕迹。秦汉时壮丽的宫阙，都变成了放牧场。那荒凉的坟头边，只有残断的石碑上难以辨识的字迹似乎还能让人们隐约回忆起那些叱咤风云的人物。"不辨龙蛇"一语不单纯是说石碑上的字迹模糊不清。《左传·襄公二十一年》"深山大泽，实生龙蛇"，杜预注："言非常之地，各生非常之物。"因此龙蛇也就代表了成就非凡事业的英雄豪杰。时过境迁，到如今秦汉时的风云人物与当时的俗人又有何分别？无论豪杰还是庸人，那坟头都是一样的荒凉，上面布满了"狐踪与兔穴"。"鼎足虽坚半腰里

折，魏耶？晋耶？”三国鼎立的局面看起来很稳固，但还是很快就消亡了。表面上看似乎是魏统一了三国，但实际拥有江山的究竟是魏还是后来取而代之的晋呢？言外之意都不过是“为他人作嫁衣裳”罢了。如果连帝王的事业都不能持久永恒，那些“学成文武艺，货与帝王家”的文人们的所谓功名理想，难道不是更加虚无缥缈的东西了吗？

第四支曲子【落梅风】把视角从过去的历史拉回到当今的现实社会。江山事业都不能长久，今人所热衷的富贵财货就更不值一提。“天教你富，莫太奢。没多时好天良夜。”好日子没几天，可怜那些富人们，就如同吃了秤砣，铁了心去追逐金钱，“争辜负了锦堂风月”。争：怎么。锦堂风月：闲适之家的美好景色。按，北宋宰相韩琦在故乡相州建有昼锦堂，后人遂以锦堂泛指富贵人家的宅第。这里指斥那些逐利之徒竟能对美好的东西视而不见，一味地爱钱如命，看不透人生。

随后【风入松】直写作者自己的人生感受。时光匆匆，不觉镜中已是两鬓雪白。此处化用李白《行路难》“君不见高堂明镜悲白发，朝如青丝暮成雪”的名句。而“上床与鞋履相别”一句虽似俚语，却也颇有来历。《世说新语·雅量》记载了这么一个故事：晋人祖约喜聚财货，而阮孚好收集屐鞋，人们都觉得他二人为物所累。祖约收拾财物时被人撞

见，连忙起身遮挡。而阮孚却当着来客的面给木屐打蜡，并且神色闲畅地感叹道："不知一生能穿几双鞋！"世人于是判别二人高下。"休笑巢鸠计拙，葫芦提一向装呆。"《诗·召南·鹊巢》："维鹊有巢，维鸠居之。"朱熹注："鸠性拙不能为巢，或有居鹊之成巢者。"后来演化为"鸠占鹊巢"的成语。这里告诫人们不要嘲笑我笨拙、不善经营，其实我不过是装糊涂而已。装糊涂的真实含义是不屑与世俗之人争名夺利、计较得失，大智若愚而已。很显然，这句话里隐藏着愤世嫉俗的意思。

既已将功名利禄、荣华富贵都看透，则最后两支曲子转而铺写自己独特的生活方式。【拨不断】的重点是三个对仗句式"红尘不向门前惹，绿树偏宜屋角遮，青山正补墙头缺"。用"绿树""青山"反衬"红尘"，色彩对比鲜明。尤其是"青山正补墙头缺"一句，把一远一近的两个镜头叠加到一起，形成一幅完整而又自然和谐的画面，活泼生动而又妙趣横生。其中深层含义也颇值得玩味：破损的墙头意味着生活的困乏和贫寒，而代表大自然的青山正说明了诗人所追求的终极目标。绿树、青山像一道屏障，将红尘隔绝于门外，围定了一个自足封闭的逍遥世界——"竹篱茅舍"。

最后一支【离亭宴煞】，首二句说人生世上，似乎只有睡梦中方能安生，鸡鸣天亮后便有众多烦恼相纠缠。"何年是彻？"意为没有尽头。作者下面用擅长的鼎足对句式铺排他所痛恨的那种功利人生："看密匝匝蚁排兵，乱纷纷蜂酿蜜，急攘攘蝇争血。"这三句连用叠字，比喻恰当贴切，把世间争名夺利之徒的丑恶嘴脸刻画得如在目前，令人心生厌恶。这一比喻源自《庄子·则阳》："有国于蜗之左角者，曰触氏，有国于蜗之右角者，曰蛮氏，时相与争地而战，伏尸数万，逐北，旬有五日而后反。"把诸侯之间国与国的吞并战争比作蜗牛角上的地盘之争，凸显其本质上的滑稽可笑。而当作者把描写对象极端渺小化的同时，作者和他所关照的事物之间的距离便无形中被拉开了，也就是说作者的自我形象也被无限地放大起来。在这个肮脏的社会里似乎只有"裴公绿野堂，陶令白莲社"才是作者所能认同的地方。绿野堂：中唐宰相裴度在洛阳的别墅，当时天下纷扰，裴度便辞官归隐，与白居易、刘禹锡等在绿野堂饮酒赋诗。白莲社：东晋著名僧人慧远法师在庐山东林寺所建，据《高

僧传》载，当时陶渊明也曾名列其中。随后作者顺势点题《秋思》，“爱秋来时那些：和露摘黄花，带霜分紫蟹，煮酒烧红叶。想人生有限杯，浑几个重阳节？”浑：统共、全部。人生总共能过多少重阳节呢，又能喝几杯酒呢？因此他要尽情享受秋天美好的一切，包括菊花、螃蟹、红叶、美酒等。最后以一句口语化的对白结束全篇：“人问我顽童记者：‘便北海探吾来，道东篱醉了也。’”记者：同“记着”。不要小觑这里的“顽童”一词所透露出的信息，这其实是隐士生活的标志性意象——贾岛当年寻访隐者时就曾“松下问童子”，宋代徐玑《访湖友》里也曾说：“未见主人逢稚子，不通姓字独踟躇。”甚至连《三国演义》写诸葛亮隐居隆中，刘备三顾茅庐时，开门的也是个童子。当马致远嘱咐身边的童子时，我们也就在不知不觉中确立了他的高人隐士形象。

东汉名士孔融曾任北海相，因被称为孔北海。他在居闲时说过一句很有名的话：“座上客常满，樽中酒不空，吾无忧矣。”遗憾的是，孔融没能彻底忘却世事，终招杀身之祸。而陶渊明隐居乡里，以酒为伴，却能得尽天年。以此为鉴，马致远宣称自己选择要过像陶渊明那样的生活。陶渊明《饮酒》（其五）有“采菊东篱下，悠然见南山”的名句为后人所称道，马致远晚年遂自号“东篱”。以“北海”对“东篱”，用典用事的同时也给读者极其明确的方位感。以此我们知道这支套曲当为作者晚年所做。

正因是晚年之作，本曲中所表现出的艺术成就已达到炉火纯青的地步。比如先后出现的三组鼎足对既巧妙工整，又流畅轻盈，浑然天成，并无半点人为痕迹。又如对比手法的运用也是如此，至于“和露摘黄花，带霜烹紫蟹，煮酒烧红叶”一系列接近的色彩比较，能凸显出秋天的基本色调。而极富诗意的境界和口语化的表达又有别于此前唐诗宋词式的闲雅，比如“眼前红日又西斜，疾似下坡车”的句子，明显带有元曲所特有的语言风格。又如“魏耶？晋耶？”的以问代答，“不恁么渔樵没话说”的挖苦，以及最后的传话，其口吻都是那样清晰，非常生活化，非高手不能有此手段。故周德清把它附载在《中原音韵》结尾，评之云：“此方是乐府，不重韵，无衬字，韵险，语俊。谚曰百中无一，余曰万中无一。”王世贞在《曲藻》中称此曲：“放逸宏丽，而不离本色。押韵尤妙……元人称为第一，真不虚也。”的确非溢美之词。

王实甫（约1260—约1336年），名德信，大都（今北京市）人。《录鬼簿》列入“前辈已死名公才人”，可能也是由金入元的。主要创作活动大约在元成宗元贞、大德年间，正是元杂剧创作的繁荣鼎盛时期。他一生著有杂剧十四种，现仅存《西厢记》《丽春堂》《破窑记》三种。明贾仲明《凌波仙》词评之云：“风月营密匝匝列旌旗，莺花寨明彪彪排剑戟，翠红乡雄赳赳施谋智。作词章风韵美，士林中等辈伏低。新杂剧，旧传奇，《西厢记》天下夺魁。”显然，他比较熟悉勾栏瓦肆中艺妓们的生活。今存散曲小令一首，套曲三种。

【中吕·十二月过尧民歌】《别情》

自别后遥山隐隐，更那堪远水粼粼。见杨柳飞绵滚滚，对桃花醉脸醺醺。透内阁香风阵阵，掩重门暮雨纷纷。

怕黄昏忽地又黄昏，不销魂怎地不销魂？新啼痕压旧啼痕，断肠人忆断肠人！今春，香肌瘦几分，搂带宽三寸。

这支描写闺中人相思怀人的曲子由小令《十二月》与《尧民歌》组成。在元散曲中，用两三个同一宫调的小令连缀在一起组成一个完整的作品称之为“带过曲”。带过曲介于小令和套曲之间，能弥补单独的一支小令词意表达不充分的缺失。带过曲往往有相对固定的兼带关系，即同宫调的某一曲牌常常兼带另一固定的曲牌，中间不换韵。

本曲全篇前六句即【十二月】部分写景，由远而近地写女主人眼中的春天。首二句写远景，遥山隐隐、远水粼粼，但前面有却分别加以“自别后”“更那堪”三字，于是这山长水阔的美景里就带有了被离别相阻隔的苦楚。三四句写中景，选择了在传统诗歌中两个极具原型意象的植物：杨柳和桃花。柳树在诗人笔下从来就是春天的标志。王昌龄《闺怨》：“闺中少妇不知愁，春日凝妆上翠楼。忽见陌头杨柳色，悔叫夫婿觅封侯。”普通的杨柳树却能勾起人们内心深处许多从未明确过的潜在意识和丰富联想。更微妙的是王实甫用“滚滚”一词来形容春日漫天的柳絮。翻滚不停的飞絮象征着女主人无休无止、起伏不定的心绪，就像一种沸水煎熬般的痛苦。而“对桃花醉脸醺醺”则暗用崔护《题都城南庄》“去年今日此门中，人面桃花相映红”的语意，写自己正处在美好的青春年华，因而也就带有“年年岁岁花相似，岁岁年年人不同”的感慨。五六两句写室内近景。尽管深闺内散发着女性所特有的阵阵香气，但随后“掩重门暮雨纷纷”把这一切与那个生机盎然的春天隔开了。在这里，“重门”一词所带有的封闭隔绝语义起了关键作用，而纷纷的暮雨也压抑了此前那桃红柳绿的蓬勃生机。

在后半部分【尧民歌】中，作者以直接抒情的方式表达少妇相思之苦。当年李清照《声声慢》云：“梧桐更兼细雨，到黄昏点点滴滴，这次第，怎一个愁字了得。”而本曲却更直截了当地写道“怕黄昏忽地又黄昏，不销魂怎地不销魂”。尤其是“忽地”一语，将时光飞驰的感觉表现得淋漓尽致，作者有意识地将白天一闪而过，却把一个接一个的难挨的黄昏直接连接成为女主人的相思生涯，这怎不教人黯然销魂！女主人等待归人，日日以泪洗面，“新啼痕压旧啼痕，断肠人忆断肠人。”在相思的悲苦中，唯一值得安慰的就是期望远行者也在思念自己。日子就在相思中过去了，而这种日复一日的相思其结果就是玉肌消减、衣带渐宽。和柳永《蝶恋花》词“衣带渐宽终不悔，为伊消得人憔悴”的表述相比，本曲“今春，香肌瘦几分，搂带宽三寸”的结尾来得更直接、更夸张，也更口语化、具有浓厚的生活气息。搂带：即裙带。

王实甫是脍炙人口的杂剧《西厢记》的作者，其文采历来为人所称道。本曲情思委婉，与《西厢记》所写整体风格比较接近。当然相比《西厢记》的典雅，本曲从总体来看更为本色当行。作者以俗为美，在结构上采用带过曲的形式，犹如词的上下阕，前曲写景，目的是渲染气氛、烘托心理。后曲写情，直抒胸臆。这种前景后情、情景交融的手法把离人的相思刻画得细致入微。在语言表达上，作者大量运用对仗、联绵字、重叠词以及白话口语等多种手法，既很好地表现出哀婉动人，如泣如诉的情致，也增加了作品的音韵之美，读起来朗朗上口，音韵和谐，有一唱三叹之妙。

朱帘秀（生卒年不详），本姓朱，排行第四，艺名珠帘秀，元代早期活跃于大都（今北京）杂剧舞台上的著名女演员。元代夏庭芝撰《青楼集》称之为“姿容姝丽，杂剧为当今独步……名公文士颇推重之。”后辈艺人尊之为“朱娘娘”，可见地位之高。朱帘秀与元曲作家多有交往，如与关汉卿、胡祗遹、卢挚等互有词曲酬答。她也曾献艺扬州，后嫁钱塘道士洪丹谷，晚景不幸，终卒于杭州。现存小令一首、套数一曲。

【双调·寿阳曲】《答卢疏斋》

山无数，烟万缕，憔悴煞玉堂人物。倚篷窗一身儿活受苦，恨不得随大江东去！

元代由歌伎自己直接创作的散曲作品虽然传世不多，但是感情真挚，呈现出较高的水准，多散见于《青楼集》等书中。初步统计有姓名可考者即有十余人。《全元曲》散曲收六人，包括小令四首，套曲三支。朱帘秀就是其中的佼佼者。

从题目上就可以知道，这支曲是写给当时著名文人卢挚的。卢挚号疏斋，当年在京城与朱帘秀交往颇深，后朱帘秀远赴扬州，卢挚曾作【双调·寿阳曲】《别朱帘秀歌者》表达惜别之情：“才欢悦，早间别，痛煞煞好难割舍。画船儿载将春去也，空留下半江明月。”朱帘秀遂用同一曲牌写了这首酬答之作。

开头是接着卢挚《别朱帘秀歌者》的最后两句“画船儿载将春去也，

空留下半江明月”写起的。卢挚的意思是说那个载着朱帘秀的船儿把自己生命中最美好的春天也一同带走了，只留下无尽的相思如半江流水对一轮明月。于是朱帘秀开头便写现今两人已隔无数山峦，我内心惘然自失，也似万缕水烟一般迷茫。设想卢大人，恐怕也是憔悴不堪。玉堂人物：玉堂本汉代官署名，宋以后称翰林院为玉堂，因翰林院为文人所居之处，故元曲多称文士为“玉堂人物”。卢挚于大德年间在朝廷为翰林学士，故以此指称卢大人。随后说自己也正“倚篷窗一身儿活受苦”。篷窗：船上小窗。“倚”字写出自己的百无聊赖，简直就是活生生受罪。最后一句“恨不得随大江东去”，含蓄地表现出朱帘秀此时的痛不欲生的真实情感。这里巧妙地借用了苏轼“大江东去，浪淘尽千古风流人物”的原句，却又暗示自己甚至连赴水沉江心思都有了，足以看出她感情的真挚与性格的刚烈。

元代散曲创作和当时的歌伎有着千丝万缕的联系。从大的社会背景来看，由于异族入主中原，科举制度长期被搁置，文人失去了正常的进身之路，地位有所降低，夸张一点说甚至有“八娼、九儒、十丐”名目。这种社会地位的失落导致巨大的心理失衡，他们落魄潦倒，无处施展抱负与才华，就像唐代的杜牧、宋代的柳永一样，他们也把目光投向了青楼中，以此寻求心理慰藉，从此也就和这圈子里色艺俱佳的女子结上了亲密关系。况且这些“红粉知己”还能用美妙的歌喉和绝佳的演技出色地演绎出他们所创作的作品。元代许多文人与歌伎之间感情深厚，如乔吉写过赠妓女的散曲竟达二十多首，张可久也有十多首。另外关汉卿、白朴、王元鼎等散曲家都曾有类似作品。其中关汉卿就曾写过套曲【南吕·一枝花】《赠朱帘秀》，中间【梁州】一段是这样写的：

富贵似侯家紫帐，风流如谢府红莲，锁春愁不放双飞燕。绮窗相近，翠户相连，雕栊相映，绣幕相牵。拂苔痕满砌榆钱，惹扬花飞点如绵。愁的是抹回廊暮雨萧萧，恨的是筛曲槛西风剪剪，爱的是透长门夜月娟娟。凌波殿前，碧玲珑掩映湘妃面，没福怎能够见。十里扬州风物妍，出落着神仙。

曲中对其才情、容貌极表称赏、爱慕之情。

朱帘秀的这首写相思之情的小令大胆率真，直抒胸臆，写得明白晓畅、情真意切，表现出自己追求美好爱情、渴望人身自由的强烈愿望。同时像最后一句也很能体现出她所具有的较好的文学修养和较高的艺术才华。

贯云石（1286—1324年），字浮岑，号成斋、石屏等，出身高昌回纥畏吾人贵胄，原名小云石海涯。因父名贯只哥，遂以贯为姓，自号酸斋，晚年又号芦花道人。祖父阿里海涯为元朝开国功臣，初以父荫袭两淮万户府达鲁花赤，让爵于弟。贯云石自幼武艺超群，后弃武学文，北上投姚燧门下。仁宗时拜翰林侍读学士、中奉大夫，知制诰同修国史。爱慕江南风物，称疾辞官，隐于钱塘（今杭州）一带，卖药为生。善书法、能诗文，尤以擅长曲辞闻名，和当时号“甜斋”的徐再思齐名，世称“酸甜乐府”。今存小令七十余首，套数八套。他还是最早的散曲评论家，曾为《阳春白雪》《小山乐府》作序，在当时散曲界颇具影响力。

【正宫·塞鸿秋】《代人作》

战西风几点宾鸿至，感起我南朝千古伤心事。展花笺欲写几句知心事，空教我停霜毫半晌无才思。往常得兴时，一扫无瑕玼，今日个病厌厌刚写下两个相思字。

此作题为《代人作》，意思是替别人写的一支小曲。从曲中所写内容看，应该是模仿一个相思者的口吻写的。本作品的特点是在怀古悼今、感时伤事的大背景下写秋日闺中相思，手法新颖别致。

首句“战”字总领全篇，营造出秋日一派肃杀之气。后来明太祖朱元璋有御制《菊花诗》云："要与西风战一场，遍身穿就黄金甲。"气魄又大了许多。宾鸿：即大雁，语出《礼记·月令》"鸿雁来宾"。雁本候鸟，秋则南迁，春必北归，过往如宾客，故称"宾鸿"。而鸿雁南飞似又引发了流寓江南的作者内心的伤心事。贯云石出身北方贵族，又是个弃武从文的诗人，这种伤心就已不单纯是简单的乡愁，其中或夹杂有许多社稷兴亡、人生荣辱等感慨，所以第二句写得非常大气："感起我南朝千古伤心事。"南朝：三国吴、东晋，宋、齐、梁、陈四朝都建都建康（今江苏南京），故称。南朝经济发达，极尽声色之娱乐，但朝廷却更迭频繁，世事变幻无常。因而经常被文人拿来抒发兴亡之感慨。

三四两句进入正题，说自己铺纸提笔准备写点什么。花笺：指有身份的人所用的华美精致的纸张。霜毫：色白如霜的毛笔。要写几句心里话，但却写又写不下去。这与往日行文写作时大不一样："往常得兴时，一扫无瑕玼"。以往灵感来了，一挥而就，没有任何问题。瑕玼，通瑕疵，玉石上的斑点，这里指诗文中的小毛病。但今天却提不起精神来，只写下"相思"两个字。病厌厌：精神萎靡不振的样子。

秋风阵阵，鸿雁几点，物候感人，诗人纵目于南朝伤心往事，百感交集，最终却只写下"相思"二字，遂搁笔作罢。"相思"一般指思人、思乡之情，但这篇作品是以六朝兴亡为背景的，因此也就饱含了对人生的思考，对历史、对社会现实的感喟。短短几个诗句，却高度凝练，引人深思。

至于艺术表现手法，我们不妨对比一下作者另一支类似的

曲子【双调·清江引】《惜别》:

若还与他相见时，道个真传示。不是不修书，不是无才思，绕清江买不得天样纸。

表面上说一个字也没写，实际上却是因为满腹的心事，受到条件的限制（买不到偌大的纸张）不知该如何写下这绵绵无尽的情意，淋漓尽致地表现出自己满腔的离情别恨。同样是写心中事，马致远的【双调·寿阳曲】》也有异曲同工之妙:

云笼月，风弄铁，两般儿助人凄切。剔银灯欲将心事写，长吁气一声欲灭。

前一首是要写的字太多，没纸能写得下；这一首却更利索，干脆就不写了。在唐诗中也有类似的例子。盛唐时的岑参曾有一首《逢入京使》诗:“故园东望路漫漫，双袖龙钟泪不干。马上相逢无纸笔，凭君传语报平安。”给家里捎信，岑参只有一句平安话，里面却包含了许多意思。而中唐时张籍却是这样写的:“洛阳城里见秋风，欲作家书意万重。复恐匆匆说不尽，行人临发又开封。”明明都已写下来了，还意犹未尽，要再补充几句才行。文学表现的多样性和丰富性其实就是创造性。张籍的这首绝句题为《秋思》，其中还有一个著名的典故：据《世说新语·识鉴》篇载，晋人张翰在洛阳做官时，因秋风吹起乡思之愁，想起家乡江南吴中的美味莼菜羹、鲈鱼脍，感慨道:“人生贵得适意尔，何能羁宦数千里以要名爵！”于是便辞官归乡去了。这个故事很好地表现出古人对人生终极目的深刻思考，因此广泛流传。后来诗歌中也经常借秋风起兴用以表现思乡的情绪。回过头来我们再读“战西风几点宾鸿至，感起我南朝千古伤心事”。这里其实也是说看到起了秋风，才触动了自己的满腹心事。文学的创造性就是这样在不断继承传统的基础上获得的。

【正宫·小梁州】（二首）

春风花草满园香，马系在垂杨。桃红柳绿映池塘，堪游赏，沙暖睡鸳鸯。

宜晴宜雨宜阴阳，比西施淡抹浓妆。玉女弹，佳人唱，湖山堂上，直吃醉何妨？

芙蓉映水菊花黄，满目秋光。枯荷叶底鹭鸶藏，金风荡，飘动桂枝香。

雷峰塔畔登高望，见钱塘一派长江。湖水清，江潮漾，天边斜月，新雁两三行。

这是一组写杭州西湖风光的小令，为贯云石晚年隐居杭州时所作。原本共四首，分别写春夏秋冬四季不同景致，此处所选二首分别写春天和秋天。

第一首直接写春天里的西湖岸边景致。先写春风中处处花草飘香，游人流连。其中虽未直接写游人，但“马系在垂杨”脱胎于王维《少年行》：“相逢意气为君饮，系马高楼垂柳边。”所以我们知道这句应该是写湖边楼上有风华正茂的少年人正在饮酒赏春。接着写倒映在水面上的桃花柳丝和沙岸上的鸳鸯。“沙暖睡鸳鸯”一句直接引自杜甫《绝句二首》“迟日江山丽，春风花草香。泥融飞燕子，沙暖睡鸳鸯”中的诗句。杜甫的这首小诗本是写于他漂泊西南时，描绘了成都草堂所在的浣花溪一带的明丽春景。

贯云石此时正是辞官离家，隐于杭州之时，对于西湖春来绝佳景致，自然再熟悉不过。而他此时的心境，竟然也和当年杜甫结庐草堂、暂时结束漂泊生涯的情况极其相似，因而借“春风花草香”“沙暖睡鸳鸯”这些成句，略加点缀，以表现悠然自得的意境，风格清新自然。

换头处化用苏轼《饮湖上初晴雨后》绝句“欲把西湖比西子，淡妆浓抹总相宜”的句子。下面接“玉女弹，佳人唱”，自然贴切，且浑然无迹，并导出最后一句：“湖山堂上，直吃醉何妨？”湖山堂：南宋末年朝廷琴师汪元量的书斋。汪元量为钱塘人，家就在西湖边上。其诗文集《湖山类稿》中有一首诗即题为《湖山堂》，也是写杭州西湖的。他曾亲历南宋之亡，文天祥被押后，汪元量曾作《拘幽十操》，并去狱中为文天祥弹奏，又弹奏《胡笳十八拍》以慰之。故其诗句中多沉痛悲伤之感。而贯云石却用“直吃醉何妨”一句，化去那段沉重的历史，将硝烟散尽后，写出春天西湖的一派盎然生意，直指人心深处。

这支小令在看似白描的语句中用典竟达五处之多，虽多却又无丝毫拼凑堆砌、滞涩深奥之感，似天衣无缝，确实出于曲中高手。

第二首写西湖秋色之美。作者先叙湖中芙蓉与岸上盛开的菊花相映成趣，点染出秋天的典型景物。在将枯的荷叶下，鹭鸶鸟安详地浮在水面上一动不动。这一细节表明诗人对西湖秋日景色的把握准确而细致，他居然让我们看到了藏在枯残的荷下的鹭鸶，给本来有点零落颓败的气象平添了活泼而新鲜的生机。如果说绿水碧波、黄菊白鹭是侧重于视觉形象，那么随后“金风荡，飘动桂枝香”则侧重于写味觉。桂树飘香是杭州的典型风物。初唐宋之问《灵隐寺》诗中有“楼观沧海日，门对浙江潮。桂子月中落，天香云外飘”的名句。宋柳永《望海潮》词也以“有三秋桂子，十里荷花”来写西湖。想象一下，这阵阵的桂香弥漫于湖面，多么令人心醉神迷、心旌摇荡。

换头处所写雷峰塔更是西湖的地标性建筑，而且具有西湖所特有的文化底蕴——即白娘子与许仙之间的爱情传奇悲剧性结局就发生在这地方。“雷峰塔畔登高望，见钱塘一派长江。”登高而望，远处是天下闻名的钱塘八月潮水，浩浩荡荡，奔流涌动；近处西湖碧波清澈，平静如鉴。一动一静，形成鲜明对比，这是写俯瞰。举目上眺，却是“天边斜月，新雁两三行”。飞雁掠过不动的弯月，也是动静结合，不知不觉之中，作者已经把我们从白天带入夜色中的迷人景象。几行新雁披着清凉的月光向天的尽头飞去，诗人的心被带到无比遥远的地方。这种艺术表现手法如同李白《送孟浩然之广陵》“孤帆远影碧空尽，唯见长江天际流”

一样，整个画面随着诗人的视线也在无限地向前延伸。俯仰之间，远近对比、动静结合，写出作者对风光秀丽的杭州西湖怀有的深厚感情。该曲所营造出的乃是一个清爽、沉静的境界，其深层则是其淡泊名利、飘然出世的思想。

和写春天的西湖不同，这支曲子一反传统古典诗词悲秋的基调，将西湖、钱塘之秋景秋色描绘得明净而开阔，格调豪放爽朗，毫无萧瑟悲凉之意，重点在突出秋天的清澈、寥廓，表现出自己开阔舒展的胸襟，使得全曲情景相合，境界疏朗。

同组作品另外两首写的是西湖夏天和冬日，也不妨一读：

画船撑入柳阴凉，一派笙簧。采莲人和采莲腔，声嘹亮，惊起宿鸳鸯。佳人才子游船上，醉醺醺笑饮琼浆。归棹晚，湖光荡，一钩新月，十里芰荷香。

彤云密布锁高峰，凛冽寒风。银河片片洒长空，梅梢冻，雪压路难通。六桥顷刻如银洞，粉妆成九里寒松。酒满斟，笙歌送，玉船银棹，人在水晶宫。

【仙吕·村里迓鼓】《隐逸》（套数）

我向这水边林下，盖一座竹篱茅舍。闲时节观山玩水，闷来和渔樵闲话。我将这绿柳栽，黄菊种，山林如画。闷来时看翠山，观绿水，指落花。呀！锁住我这心猿意马。

【元和令】将柴门掩落霞，明月向杖头挂。我则见青山影里钓鱼槎，慢腾腾间潇洒。闷来独自对天涯，荡村醪饮兴加。

【上马娇】鱼旋拿，柴旋打。无事掩荆笆，醉时节卧在葫芦架。咱，睡起时节旋去烹茶。

【游四门】药炉经卷作生涯，学种邵平瓜。渊明赏菊在东篱下，终日饮流霞。咱，向炉内炼丹砂。

【胜葫芦】我则待散诞逍遥闲笑耍，左右种桑麻，闲看园林噪晚鸦。心无牵挂，蹇驴闲跨，游玩野人家。

【后庭花】我将这嫩蔓菁带叶煎，细芋糕油内炸。白酒磁杯咽，野花头上插。兴来时笑呷呷，村醪饮罢。绕柴扉水一洼，近山村看落花，是蓬莱天地家。

【青哥儿】呀！看一带云山云山如画，端的是景物景物堪夸。剩水残山向那答？心无牵挂，树林之下，椰瓢高挂。冷清清无是无非诵《南华》，这里乾坤大！

此套曲见载于明代张禄《词林摘艳》一书，署名贯石屏。贯石屏之名仅见于此，学界以为当即贯云石。今以曲中所写内容看，与贯云石生平趣味甚合，且其晚年所游历之江浙一带至今尚有石屏乡（在今建德市），以此为号当有可能，故将本曲列于此处。

如题所示，本套曲抒写隐逸生活之快乐。在元散曲中，此类作品比比皆是，我们已读过的如马致远的套曲【双调·夜行船】《秋思》就是一例。不同的是贯云石本套曲只是心平气和地层层铺写隐居生活的好处，并没有像马致远那样直接抨击“密匝匝蚁排兵，乱纷纷蜂酿蜜，急攘攘蝇争血”的丑恶社会现实，由此也可以看出他心态的平和。

这种平和的心态源自他高贵的身份和地位。我们知道，贯云石是主动放弃爵位和官职来到江浙一带隐居的，因此当他写道“我向这水边林下，盖一座竹篱茅舍。闲时节观山玩水，闷来和渔樵闲话”时，并非沽名钓誉之辈的假清高，他学陶渊明栽柳种菊也是兴致使然，绝非附庸风雅。当然，连陶渊明都有“猛志固常在”的时候，贯云石也承认自己并非一派静谧肃穆，没有丝毫内心冲突，“闷来时看翠山，观绿水，指落花，呀！锁住我这心猿意马。”他有郁闷的时候，也有“心猿意马”的时候，只是在面临人生选择时，他更清楚自己应该做什么，于是他没有附和流俗，主动而自然地归依了自己的心性。

第二段【元和令】前两句最有诗情画意：“将柴门掩落霞，明月向杖头挂。”当他关闭柴门时，似乎也把美丽而易失的晚霞永久地收藏了起来；而那轮明月竟让他有意地叠加到了手中的杖头上，就好像是被“挂”在了那里。这种“万物皆备于我”的豁达心胸，才使他能进入那物我两忘的浑然境界。下句“我则见青山影里钓鱼槎”用了一个神话故事：传说天河与海相通，有人居海边，见每年八月有浮槎去来，遂乘槎浮海而至天河，竟然遇到织女、牵牛。事见晋张华《博物志》卷三。后来诗人经常以此比喻进入仙境，如唐李商隐《海客》诗：“海客乘槎上紫氛，星娥罢织一相闻。”本段最后一句“荡村醪饮兴加”是说乡间所酿之酒越喝饮兴越大。或说“加”字当即“佳”之误，亦通。

【上马娇】一段，“鱼旋拿，柴旋打”的旋字，意为旋即，是马上、随即的意思。随后【游四门】一段重点写求道：“药炉经卷作生涯，学种邵平瓜。”邵平瓜：又称“东陵瓜”，因秦时东陵侯邵平而得名。据《三辅黄图》卷一，秦亡后，邵平为布衣，于长安东锄田种瓜，味甚甘美，时人谓之“东陵瓜”。这里借指自己归隐后的躬耕生活。而此段首句“药炉经卷作生涯”与尾句“向炉内炼丹砂”都是一个意思，即以道家所提倡的炼丹吃药来追求长生不老。

在【胜葫芦】【后庭花】两段铺写自己的闲适生活之后，套曲以【青哥儿】收尾作罢。“剩水残山向那答”的那答一词意同“哪答儿”，即哪里、何处，表明自己如今漫无目的随处地游赏。而“冷清清无是无非诵《南华》”的《南华》指道家经典《庄子》。东汉道教出现后，封庄子为南华真人，故《庄子》一书便尊之为《南华经》了。

综观此作，以平实生活化的语言，写平实的生活，却能写得诗意盎然，妙趣横生，首先得力于他能在日常生活中体验到真正的快乐，而这又取决于一个人的内心，一个内心充满了诗意的人，所到之处，所见之景，无不充满了诗情画意。美就在那里，它只是在等待这发现美的眼睛。欧阳玄在《贯公神道碑》中称贯云石辞官归江南后，“为学日博，为文日邃……而变化自成一家。”元姚桐寿《乐郊私语》载：“云石翩翩公子，无论所制乐府、散套，骏逸为当行之冠，即歌声高引，上彻云汉。”观此曲可谓当之无愧。故王世贞《曲藻序》将贯云石和马致远、王实甫、关汉卿、张可久、乔吉、郑光祖、宫天挺、白朴等相提并论，并赞之为“擅一代之长”，信不虚也。

张养浩（1269—1329年），字希孟，号云庄，济南人。少年知名，历任堂邑县尹、监察御史、翰林学士、礼部尚书、参议中书省事。英宗至治二年（1322年）辞官归隐，此后屡召不赴。文宗天历二年（1329年），关中大旱，特拜陕西行台中丞，遂散其家中所有财产，登车就道，上任不足半年，劳瘁而卒。追封滨国公，谥文忠。张养浩诗、文兼擅，而尤以散曲著称，有散曲集《云庄休居自适小乐府》传世。据《全元散曲》所辑，今存小令一百六十余首，套曲二支。

【双调·沽美酒兼太平令】《叹世》

在官时只说闲，得闲也又思官，直到教人做样看。从前的试观，那一个不遇灾难？

楚大夫行吟泽畔，伍将军血污衣冠，乌江岸消磨了好汉，咸阳市干休了丞相。这几个百般，要安，不安，怎如俺五柳庄逍遥散诞。

本曲是作者归乡隐居后反思官场险恶的生存状态时所作。【沽美酒】的前两句意思很好懂，就是今天也还有人这副模样，当了官便只对人说忙得很、不得闲，退下来得了闲，却又翻来覆去地想如何才能做官。“直到教人做样看”一句是说直到被人们当成了样子来看待——从后面所写来看当然是指坏样子，即“从前的试观，那一个不遇灾难？”张养浩是个非常理性的人，他之所以“中年才过便休官”，就是看透了官场里的这种残酷倾轧：“黄金带缠着忧患，紫罗襕裹着祸端，怎如俺藜杖藤冠。”（见【双调·水仙子】）

【太平令】部分便举出四个例子来证明自己的看法。其一是楚国三闾大夫屈原忠于职守却被放逐投水而死，其二是伍子胥功高盖世却被吴王夫差赐死，其三灭秦兴楚的霸王项羽终被刘邦部下追到乌江边自尽，其四曾经炙手可热的秦丞相李斯在咸阳市上被砍了脑袋。干休：指徒然被害。所举的四例证，均是颇有才干和作为的著名人物，其中有文有武，有屈原这样尽忠尽职的，有伍子胥这样才干出众的，也有项羽这样勇猛善战的，还有李斯这样聪明过人的，但最终结局却都惨不忍睹，令人寒心。在张养浩另一首【双调·庆东原】小令他这样写道：

晁错原无罪，和衣东市中，利和名爱把人般弄。付能刓刻成些事功，却又早遭逢着祸凶。不见了形踪，因此上向鹊华庄把白云种。

这些人都是千方百计地想求个安宁，但却都最终不得安宁。即所谓“这几个百般，要安，不安”。历史和现实都促使作者选择归隐还乡：“怎如俺五柳庄逍遥散诞”。散诞：形容自在旷达的样子。五柳庄：此处指作者隐居时的住所，在济南城北，其名源自陶渊明《五柳先生传》。作者效法陶渊明，在宅边也栽柳五株，因号五柳庄。张养浩本是济南人，自题斋名“云庄”，取自唐北海太守（治所即在济南）李邕《登历下古城新亭》诗：“泰山雄地理，巨壑眇云庄。”他的散曲集名为《云庄休居自适小乐府》。云庄故址在今济南天桥区北园办事处柳云村，柳云之名当即由五柳庄与云庄拼合而成。张养浩陕西赈灾死后归葬故里，其墓地现就在柳云村，过去也称张公坟村，附近至今尚保留有五柳庄的地名。金代开凿的小清河就在柳云庄北经过，河上有五柳闸，其名也源于此。斯人已去，遗风尚存。

张养浩类似的作品还有【双调·折桂令】可参读：

功名百尺竿头，自古及今，有几个干休？一个悬首城门，一个和衣东市，一个抱恨湘流。一个十大功亲戚不留，一个万言策贬窜忠州。一个无罪监收，一个自抹咽喉。仔细寻思，都不如一叶扁舟。

【双调·庆东原】《即景》

鹤立花边玉，莺啼树杪弦。喜沙鸥也解相留恋。一个冲开锦川，一个啼残翠烟，一个飞上青天。诗句欲成时，满地云缭乱。

比起唐诗宋词来，元散曲作品带有一种特有的轻松、清澈的风格。虽然欠缺一点深沉、执着，却也显得活泼、生动。比如这一首题为《即景》的作品，就是单纯写眼中所见之景。把鹤、莺、沙鸥的姿态写得相当生动：鹤立花边，洁白得就像玉一样；莺啼树杪，如在拨弦弹琴。更喜水边鸥鸟，两两相伴，似乎也知道在这样一个春天里相亲相爱。解：知道、懂得。下边三句由下而上借写鸟来展现美好的春光。白鹤掠过锦绣般的平川，黄鹂鸟的鸣啼声驱散了清晨集聚在树丛中的烟霭雾气，沙鸥鸟却直上蓝天。视角随着鸟儿的动态拉开，境界也随之豁然开朗，这与杜甫"两个黄鹂鸣翠柳，一行白鹭上青天"以及刘禹锡"晴空一鹤排云上，便引诗情到碧霄"有异曲同工之妙。

更妙的地方在结尾："诗句欲成时，满地云撩乱。"在这么一个充满了诗情画意的世界里，诗人情思涌动，创作欲望旺盛而充盈，就如同缭乱的云影一般。如果仅是如此作比喻，倒也无奇。奇就奇在他却将天上的景象生生搬到地上，说"满地云缭乱"。于是他所处的现实世界就这样变成了被云雾缠绕的仙境，如梦如幻一般。这手法如今在一些文艺演出中经常被采用，那就是在舞台上喷洒出一层云烟来，把演员罩在其中，能营造出一派"神龙见首不见尾"的缥缈之感。张养浩很擅长这类表现手法，他曾在【中吕·朝天曲】中写道："醉归，月黑，尽踏得云烟碎。"而在他另一首【双调·庆东原】中也有"因此上向鹊华庄把白云种"的句子，说要把天上飘动的白云种植到自己位于鹊山和华山之间的斋舍里，无怪乎他将自己的住处园取名"云庄"。

【双调·殿前欢】《登会波楼》

四围山，会波楼上倚阑干。大明湖铺翠描金间，华鹊中间，爱江心六月寒。

荷花绽，十里香风散。被沙头啼鸟，唤醒这梦里微官。

会波楼即汇波楼，建于老济南城北城门上。与其他古城不同，古时的济南城有“四门不对，北门不开”的说法。北城门位于大明湖北岸，和南城门不在一个中轴线上，只是个泄水门，根本不能走人。北宋熙宁年间，时任齐州知州的曾巩为治理济南城北一带的水患，于大明湖北修筑泄水口，即现今的北水门。湖水由此流出城外，辗转入小清河。因大明湖水为众泉汇流而成，所以北水门又名汇波门。元代初年，门上建二层城楼，故名汇波楼。元至治二年（1322年）曾扩建重修，张养浩所登当即此重修后的汇波楼。作者曾在《重修会波楼记》中写道：“其基城北水门，翘然而屋者，为会波楼。盖济南形胜，惟登兹楼可得其全焉。”

登上汇波楼可南眺历山诸峰，北观华不注、鹊山等名胜，西望匡山、药山，东看燕翅山。开头所谓“四围山”

绝非虚笔，的确是写眼中所见实景。夏日登楼，上有蓝天白云，下临清波绿荷，眼见风过水面，波光粼粼，故称“大明湖铺翠描金间”。大明湖与东北边的华不注和西北的鹊山几近于等腰三角形，这一带的景色当时是个什么样子，我们今天仍能在台北故宫博物院所藏元代赵孟頫的名画《鹊华秋色图》中看到。实际上也就是在张养浩登上汇波楼的二十多年前，曾做过济南路总管府事的赵孟頫辞官回到江南老家吴兴，为从未到过山东的济南籍友人周密画了这幅中国艺术史上最著名的山水画。

夏日水上吹来的凉风，带来一片荷香，令人头脑清醒。而岸边的鸟鸣声似乎也在宣扬隐居的快乐。作者曾在小令【双调·庆宣和】中写道:“大小清河诸锦波，华鹊山坡，牧童齐唱采莲歌。倒大来快活，倒大来快活。”张养浩还有一首同样题为《登会波楼》的七律诗，可与此参照：

何处登临思不穷，城楼高倚半天风。鸟飞云锦千层外，人在丹青万幅中。景物相夸春亘野，古人皆梦水连空。浓妆淡抹坡仙句，独许西湖恐未公！

他的意思是济南大明湖的景色绝不比苏东坡眼中所见的杭州西湖差。他是如此喜爱汇波楼，所以不惜以诗歌、散曲以及散文（即前所引《重修会波楼记》一文）等多种文体反复书写它的美丽。

【中吕·山坡羊】《潼关怀古》

峰峦如聚，波涛如怒，山河表里潼关路。望西都，意踌躇。伤心秦汉经行处，宫阙万间都做了土。兴，百姓苦；亡，百姓苦。

张养浩为官清廉，辞官归乡后便绝意于仕途。虽朝廷屡次征召，都被他拒绝。但陕西大旱成灾，朝廷召他赴陕西赈灾饥民，他却不顾自己已是年过六旬的高龄，毅然命驾西行。西行途中经过潼关要道，触发了他怀古叹今的情怀，写下了这首千古名曲。

潼关：古要塞名，位于今陕西渭南市潼关县华山山腰，北临黄河。居晋、陕、豫三省要冲，是扼守长安、进出三秦的关防要隘，历来为兵家必争之地，有“畿内首险”“四镇咽喉”之誉。所谓“山河表里潼关路”就是形容潼关一带地势险要，外面是黄河，内里有华山。诗人置身于此，眼中所见华山群峰聚如波涛，脚下黄河急流在峡谷中汹涌奔腾，声如怒吼一般。“聚”和“怒”表面上是写山与河的动态，其实是作者把内心中的悲愤不平投射到大自然当中而产生的“移情”效果——奔腾的山势和咆哮的波涛实际上表达了作者此时此刻心潮澎湃、起伏不定。后面所说的“意踌躇”，本来为心下犹豫、徘徊不决的意思，此处形容心事重重，陷入沉思。因为在这里向西望去就是西京长安。相对于东面的洛阳城，古人将长安称之为西都，是西汉、隋唐之京城。而与长安紧邻的咸阳则是中国第一个大一统集权国家秦的都城。就是在这一带地方，秦曾建有阿房宫，西汉建有未央宫、长乐宫、明光宫，唐代有太极宫、大明宫、兴庆宫以及九成宫、华清宫等。但如今的都城是大都（今北京市），所以当年的繁华荣耀已不复存在，那一座座巍峨壮观、富丽堂皇的宫殿，现在却踪迹全无。而且这里正面临着严重的旱灾，只有荒原满目的凄凉景象。关于这一点，在作者同一曲牌下所写的这一组九首怀古咏史之作中，就有一首题为《骊山怀古》：

骊山四顾，阿房一炬，当时奢侈今何处？只见草萧疏，水萦纡。至今遗恨迷烟树，列国周齐秦汉楚。赢，都变做了土；输，都变作了土。

这些感慨在《潼关怀古》中凝聚成一个句子："宫阙万间都做了土！"当然，那些宫阙的主人们，即秦汉隋唐时的帝王将相、曾在此龙争虎斗的霸主豪强、威震一时的英雄猛士等，也都一如过眼之烟云，随之化为尘埃！

作品的最深刻之处在于作者并不止于感慨历史之漫长与人生之短暂，类似的感慨在古典诗词中比比皆是，大家最熟悉的莫过于"大江东去，浪淘尽、千古风流人物"（苏东坡《念奴娇·赤壁怀古》）这种句子了，这甚至已经成为一种传统的写作模式，成为过去文人们的一种难以回避的固有情结。张养浩此曲之所以与众不同就在于他能跳出这种一般文人的思维模式，超越以往的写作规范，而将自己所关注的焦点集中到朝代更迭的背后："兴，百姓苦；亡，百姓苦。"

唐代曹松《己亥岁二首》其一诗云："泽国江山入战图，生民何计乐樵苏。凭君莫话封侯事，一将功成万骨枯。"最后一句历来为人称道。而比较张养浩此曲，我们会发现，张养浩的视角又有不同。诗人阅尽沧桑，亲历兴亡，他所关注的不是某个人，某一朝代，也不是一般的历史兴衰，他关注的是百姓，是经常被人们所忽略的芸芸众生。与此比较接近的是张可久的散曲小令【中吕·卖花声】《怀古》：

美人自刎乌江岸，战火曾烧赤壁山。将军空老玉门关。伤心秦汉，生民涂炭，读书人一声长叹。

无论秦汉还是隋唐，尽管改朝换代，人民的苦难却从来没有消除过，如此一针见血的评判，显示出独特的立场和视角：作者的身份已然完全不同于官场中的统治者，也不是隔岸观火的文人。他把自己放到了百姓当中，把目光对准历史更迭过程中下层民众所遭受的苦难，一语道破封建社会朝代兴亡的本质，把人民几千年来的悲惨命运揭示了出来。这是对历史的概括，更是对现实的深入反思。

《潼关怀古》是张养浩以同一曲牌写下的九首怀古之作中最具代表性的一首，也是他晚年对人生社会有了更深刻的感悟和思考后，结合已炉火纯青的高妙艺术手法而写出的完美佳作。要说本曲最成功之处，那些所谓以动写静、情景交融、虚实结合等老生常谈式的归纳似乎都是隔靴搔痒，无关宏旨。我们印象最深刻的就是作者用最简短、普通的语言，写出了最伟大、最深刻的人文情怀。这根本就不是个艺术技巧问题，当他亲眼目睹民众所经历的巨大而深重的灾难时，内心所遭受到的煎熬使他思绪纵横，愤懑不平，作者具有的同情心驱使他将这一切与他所熟悉的历史往事联系在了一起。张养浩字希梦，孟子曾说“我善养吾浩然之气”（见《孟子·公孙丑上》）。从名字上看就可以知道，他期待自己能成为孟子那样的大丈夫。孟子讲仁政和民本的，所谓“民为重，社稷次之，君为轻”（见《孟子·尽心下》）。张养浩的一生也是如此。《元史·张养浩传》载：“天历二年，关中大旱，饥民相食，特拜陕西行台中丞。既闻命，即散其家之所有与乡里贫乏者，登车就道，遇饿者则赈之，死者则葬之……到官四月，未尝家居，止宿公署，终日无少怠。遂得疾不起，卒年六十。关中之人，哀之如失父母。”只有这样的人，才能写出这样的句子！

郑光祖（生卒年不详），字德辉，平阳襄陵（今山西临汾）人，元代后期著名的杂剧家和散曲家。据与其同期的钟嗣成所著《录鬼簿》载，郑光祖早年习儒为业，后来补授杭州路为吏。“为人方直，不妄与人交”，终病卒于杭州。郑光祖毕生从事杂剧创作，与关汉卿、马致远、白朴并称为“元曲四大家”，当时伶人尊称为“郑老先生”。所作杂剧颇丰，有《王粲登楼》《周公摄政》《倩女离魂》等七种传世，其中尤以《倩女离魂》最为有名。今存散曲有小令六首、套曲两支。

【双调·蟾宫曲】《旅怀》

弊裘尘土压征鞍，鞭倦袅芦花。弓剑萧萧，一竟入烟霞。动羁怀、西风禾黍，秋水蒹葭。千点万点，老树寒鸦。三行两行，写高寒、呀呀雁落平沙。曲岸西边，近水涡、鱼网纶竿钓艖。断桥东下，傍溪沙、疏篱茅舍人家。见满山满谷，红叶黄花。正是凄凉时候，离人又在天涯。

如题所示，这是一首写羁旅漂泊的曲子，和马致远的【越调·天净沙】《秋思》一样，都是以写秋日旅况为题材，抒发内心的压抑和苦闷。

首句“弊裘尘土压征鞍，鞭倦袅芦花”写游子的萎靡疲惫之态，以至于手中的马鞭也懒得举起，其柔弱无力竟像摇曳的芦花一般。其中“弊裘”一语，化用苏秦之事。据《战国策·秦策一》，苏秦入关游说秦惠王，不为惠王赏识，“黑貂之裘弊，黄金百斤尽，资用乏绝，去秦而归。赢縢履蹻，负书担橐，形容枯槁，面目黎黑，状有归色。”郑光祖本是北方人，但长期客居江南，写此曲时显然也是一副失意沮丧的样子。

“弓剑萧萧，一竟入烟霞。”一竟：同“一径”，一直。这是在一片斑斓烟霞的巨幅背景下，凸显出一个孤独的身影。背负着弓剑，意味着他是一个有志向、有抱负的人，但却一头扎进了这个看似绚丽多彩却同时又朦胧混茫的世界。那么，究竟是什么触动了这个游子的思乡情怀呢？无外乎两件事，即国事和家事。接下来作者间接引用了《诗经》里的两首诗来含蓄地透露出其中的深层缘由。“西风禾黍”，出《王风·黍离》，是我国最早的行役之诗作。“彼黍离离，彼稷之苗。行迈靡靡，中心摇摇。知我者谓我心忧，不知我者谓我何求？悠悠苍天！此何人哉？”写的是一个东周朝臣出使时，看到已废弃的西周宫殿中竟长满了野谷子（即黍），不禁徘徊哀伤。从此，“黍离之悲”也就成了古人哀伤国事衰微时最常用的典故；而“秋水蒹葭”则是男女相思的代表意象，出自《秦风·蒹葭》：“蒹葭苍苍，白露为霜。所谓伊人，在水一方。”蒹葭（jiān jiā），即芦苇。

随后读者面前展现出了一幅萧瑟凄凉的秋日薄暮图卷：树上成群的寒鸦、空中结队的秋雁、水边的打鱼船、桥下的茅舍人家以及满山遍野的红叶和菊花，这一切都似曾相识，使我们不由自主地联想起马致远的【越调·天净沙】《秋思》中的那些凄凉景色。王国维《人间词话》说“有我之境”，是“以我观物，故物皆著我之色彩”。一个内心悲凉的人，眼中所见之景也同样是悲凉衰败的。这里还有个非常新鲜奇妙的比喻，作者用“写高寒”来形容一队队秋雁飞过高天，就像是一行行写在空中的文字一样。水涡：同“水洼”。钓艖（chā）：小渔船。

篇末点题：“正是凄凉时候，离人又在天涯。”注意那个“又”字，我们读此作可以从三方面来理解。其一，正是如此凄凉之时，又加上了一个离愁别恨之行人，使文意更进了一层。其二，这个游子此前曾经有过天涯孤旅的经历，如今又一次重复体验到这种悲凉境界。其三，我们还可以将视角由这个游子身上转移到文学创作的长河中，当年马致远写【越调·天净沙】《秋思》时就有“断肠人在天涯”之句，现在“离人又在天涯”。这就将自己的曲词和过去人们同类题材的作品联系了起来，既有对过去传统的尊重，也有超越前人的自信。

我们不妨将作者的杂剧代表作《倩女离魂》第二折中的几支曲子与这首【双调·蟾宫曲】《旅怀》相互参照：

【小桃红】我蓦听得马嘶人语闹喧哗，掩映在垂杨下。唬的我心头丕丕那惊怕，原来是响珰珰鸣榔板捕鱼虾。我这里顺西风悄悄听沉罢，趁着这厌厌露华，对着这澄澄月下，惊的那呀呀呀寒雁起平沙。

【调笑令】向沙堤款踏，莎草带霜滑。掠湿湘裙翡翠纱，抵多少苍苔露冷凌波袜。看江上晚来堪画，玩冰壶潋滟天上下，似一片碧玉无瑕。

【秃厮儿】你觑远浦孤鹜落霞，枯藤老树昏鸦。听长笛一声何处发，歌欸乃，橹咿哑。

【圣药王】近蓼洼，缆钓槎，有折蒲衰柳老蒹葭。近水凹，傍短槎，见烟笼寒水月笼沙，茅舍两三家。

【麻郎儿】你好是舒心的伯牙，我做了没路的浑家。你道我为甚么私离绣榻？待和伊同走天涯。

手法、意象和词语都基本相同。其中原封不动地引用了“枯藤老树昏鸦”的句子，足以证明作者对马致远作品的熟悉程度。今按，《阳春白雪》《词综》等书将这首【双调·蟾宫曲】《旅怀》归到白无咎名下，但从它和《倩女离魂》如此接近这一点来考察，恐怕还是依从《乐府群玉》把它作为郑光祖的作品更为妥当。

曾瑞（生卒年不详），字瑞卿，号褐夫，家世平州（今河北庐龙）人，一说大兴（今北京大兴县）人。善丹青，工画山水，能作隐语。因喜江浙人才景物之盛，移家钱塘（今杭州）。不愿出仕，游于市井之中，飘然若仙。据钟嗣成《录鬼簿》记，临终时诣门吊者以千数，可知当时已负盛名。散曲今存小令九十五首，套数十七套。

【南吕·骂玉郎过感皇恩采茶歌】《闺中闻杜鹃》

无情杜宇闲淘气，头直上耳根底，声声聒得人心碎。你怎知，我就里，愁无际。

帘幕低垂，重门深闭。曲阑边，雕檐外，画楼西。把春酲唤起，将晓梦惊回。无明夜，闲聒噪，厮禁持。

我几曾离、这绣罗帏？没来由劝我道不如归。狂客江南正道迷，这声儿好去对俺那人啼。

曾瑞的散曲创作多以山林隐逸、讥讽时世为题材，尤以写男女恋情见长，本首《闺中闻杜鹃》就是其代表作。

飞鸟借双翅得以任意翱翔，可以不受人们的拘禁，所以历来在人们心目中是自由的象征。正为如此，诗人特恨其不察人心，所谓“多情反被无情恼”，故而觉得鸟之鸣声尤为恼人。例如南朝乐府《读曲歌》：“打杀长鸣鸡，弹去乌臼鸟。愿得连暝不复曙，一年都一晓。”这是讨厌鸡鸣鸟叫打破了自己的好梦。唐代金昌绪《春怨》：“打起黄莺儿，莫教枝上啼。啼时惊妾梦，不得到辽西。”又，冯延巳《鹊踏枝》词：“浓睡觉来莺乱语，惊残好梦无寻处。”唤醒好梦的由乌臼鸟变成了黄莺儿。五代牛峤【菩萨蛮】词云：“舞裙香暖金泥凤，画梁语燕惊残梦……何处是辽阳？锦屏春昼长。”惊梦的又成了燕子。到了宋代，晏殊【采桑子】词：“梧桐昨夜西风急，淡月朦胧，好梦频惊，何处高楼雁一声？”大雁随后也加入了扰梦的队伍。而且后来者居上，在马致远《破幽梦孤雁汉宫秋》中，其第四折几乎全都是通过汉元帝和鸣雁之间的纠缠来抒写他对王昭君的朝思暮想，遂使这一手法达到了登峰造极的境地。

和曾瑞这篇作品里的闺中人过不去的是只淘气的杜鹃鸟。开头【骂玉郎】部分主要抱怨杜鹃鸟没心没肝，不管人内心愁苦，一直在头顶上、耳根前聒噪叫唤，把人心搅乱。曲中所说杜宇即杜鹃鸟的别名。据《华阳国志·蜀志》载，杜宇本为古蜀国君，号“望帝”。死后其魂化为鸟，名曰杜鹃，日夜啼血，其鸣声似“不如归去”。

中间【感皇恩】部分侧重抒写女主人被杜鹃鸟叫声惊醒后的寂寞孤独感。作者用低垂的帘幕、重重紧闭的大门、曲折的栏杆以及雕檐画楼烘托出一种封闭、毫无生气的氛围。而“春酲（chéng）”一词暗示读者，昨晚她之所以得以入睡，其实不过是赖于醉酒后的神志迷乱而已。被唤醒后，在一片死寂之中，再听那声声鸟叫，更加难以承受。就像现代诗人王志瑞的《偏是》：

我原不想见他，偏是梦里见着。

既然梦里见着，偏是夜鸟叫着。

夜鸟干我甚事？偏是闹着我睡不着。

睡不着也罢了，偏是那月亮儿又淡淡地照着！

这几乎成为一种写男女相思的固定手法。比如和曾瑞同时期的散曲大家张可久就有【中吕·山坡羊】《闺情》：

云松螺髻，香温鸳被，掩春闺一觉伤春睡。柳花飞，小琼姬，一声“雪下呈祥瑞”，团圆梦儿生唤起。谁，不做美？呸，却是你！

很多人不了解这种写作传统，误把“小琼姬”解释成了小丫头（见北京出版社《元散曲选注》等），使作品神韵全失。通读全篇，显然是在写春燕叫醒了梦中人，燕子肚白，故拟称之为“小琼姬”。

如果曾瑞仅仅按照这种模式写作，倒也不甚奇特。只是因为最后【采茶歌】部分的横生变化，才使本曲在同类作品中成为别具特色的佳作。作者巧妙地利用杜鹃鸟鸣声似“不如归去”的传说，由此生发出此前作品中从没有过的思路。闺中人对杜鹃鸟抱怨道：我何曾离开过这绣罗帷帐，你对着我叫“不如归去”毫无道理。那个离家到江南的人也许玩疯了找不到回家的道了，你应该飞到那里去对他叫“不如归去”！这一段写得异想天开，实在高妙。

闺怨宫怨是我国诗歌中的传统题材，因其所写内容的限制，一般作品风格多为凄苦缠绵、幽怨哀婉。而曾瑞此作却巧用典故，转嫁思路，且继承了早期散曲通俗本色的传统，不避俚俗，以市井口语入于曲中，其学闺中人口吻可谓惟妙惟肖，颇为传神。终使本曲呈现出一种同类题材作品中少有的鲜活生动、轻灵活泼的风格，实属不易。

施惠（生卒年不详），字君美，杭州人，元代晚期作家。巨目美髯，好谈笑，与人交接，多发高论。钟嗣成曾作【双调·水仙子】《吊施君美》："道心清净绝无尘，和气雍容自有春。吴山风月收拾尽，一篇篇，字字新。但思君赋尽停云。三生梦，百岁身。空只有衰草荒坟。"可见文采之盛。曾在杭州开店铺营商，诗酒之暇，唯喜填词和曲。著有传奇剧《幽闺记》等，散曲创作仅存套曲一支。

【南吕·一枝花】《咏剑》

离匣牛斗寒，到手风云助，插腰奸胆破，出袖鬼神伏。正直规模，香檀把虎口双吞玉，沙鱼鞘龙鳞密砌珠。挂三尺壁上飞泉，响半夜床头骤雨。

【梁州】金错落盘花扣挂，碧玲珑镂玉妆束，美名儿今古人争慕。弹鱼空馆，断蟒长途，逢贤把赠，遇寇即除。比镆铘端的全殊，纵干将未必能如。曾遭遇诤朝馋烈士朱云，能回避叹苍穹雄夫项羽，怕追陪报私仇侠客专诸。价孤，世无，数十年是俺家藏物。吓人魂，射人目，相伴着万卷图书酒一壶，遍历江湖。

【尾声】笑提常向尊前舞，醉解多从醒后赎，则为俺未遂封侯把他久担误。有一日修文用武，驱蛮静虏，好与清时定边土！

施惠唯一保存到现在的这支散曲其实就是用套数的形式写成的一篇短小精练的《宝剑赋》。

剑在青铜时代是最主要的格斗兵器，但到两汉之际，其作用逐渐降低——武侠小说中是个例外。出现在传统诗歌里的宝剑其实更多是具有某种象征性意义的意象——用来表明高远的理想抱负、宏大志向以及非凡的才干等。比如初唐时的郭震曾写过一首题为《古剑篇》的诗歌，结尾说“虽复尘埋无所用，犹能夜夜气冲天”，显然是以古剑的废弃隐喻人才的被埋没。贾岛《剑客》:“十年磨一剑，霜刃未曾试。今日把示君，谁为不平事？”也是以剑自喻，意寒窗十年，今日学成而欲一逞才干。

当我们明白了宝剑这一意象所蕴含的寓意时，就会知道施惠本套曲开头一段极力描写宝剑的华丽形状，实际就是向我们宣示自己与众不同的内在才华。首句“离匣牛斗寒”用典。斗牛：古代星宿名，即黄道二十八宿中的牛宿和斗宿。《晋书·张华传》载，时人常见南天牛宿与斗

宿之间贯有紫气，据说是宝剑之精。张华派人寻找，果然在豫章郡丰城（今属江西）牢狱下得两宝剑，一名龙泉，一名太阿。此后牛斗间的紫气消散不复见。“离匣牛斗寒”用以形容宝剑出鞘时寒光上彻于天。“正直规模”，谓剑形标致有样。具体说就是檀香木做的剑柄，虎口所握之处两边皆镶嵌有美玉，鲨鱼皮做的剑鞘上鱼鳞纹就像紧密排列着珍珠一般。“挂三尺壁上飞泉，响半夜床头骤雨。”这两句借用龙泉宝剑之名，说把剑挂到墙上，半夜似乎能听到流水急雨般的声音。

当中【梁州】一段在写过宝剑错金镂玉的装饰后，便层层铺排和剑有关的故事。弹鱼空馆：典出《战国策·齐策》中冯谖客孟尝君的故事。齐人冯谖寄居孟尝君门下为食客。过了一段时间，冯谖倚柱弹剑唱道：“长铗归来乎！食无鱼。”断蟒长途：据《汉书·高帝纪》，刘邦起兵前曾醉酒夜行，途中遇大蟒蛇，拔剑斩之，后人传言此蛇系白帝之子，为赤帝子所杀。逢贤把赠：东汉刘向《新序·杂事》卷七载，吴公子季札出使路过徐国，徐国国君见季札所佩宝剑，颇有羡慕之意，但并未明言。季札心里清楚，准备回来时就赠送给他。不料回来时徐国国君已死，于是季札将宝剑挂在了徐君墓前树枝上。作者称这把剑比春秋时干将莫邪（亦作“镆铘”）所铸造的宝剑还好，因为它似乎能主动选择自己的主人：追随过耿直的朱云、避开了失败的项羽，不愿意追陪专诸。朱云为人耿直，

汉成帝时曾冒死上书说，愿借尚方宝剑斩佞臣张禹之头。帝大怒，欲斩之，他死抱殿槛，结果殿槛折断。后归乡不复仕。项羽大家都熟悉，在乌江边以剑自刎，是个失败的英雄。专诸，春秋时吴国壮士，吴公子光（即后来的吴王阖闾）欲杀吴王僚自立，以宴请为名，密使专诸刺死王僚，专诸也同时被杀。专诸是将匕首（短剑）藏于鱼腹内行刺的，而作者认为专诸是公报私仇，故自己的三尺长剑不堪为其所用。

最后部分进入正题，抒情言志，说自己仗剑远游，遍历江湖，总有一天要为朝廷驱逐蛮虏，安定边疆，表现出自己安邦治国的雄心壮志。

综观全篇，作者既没有描写自己十年寒窗的读书生涯，也没直接表白自己非凡的才华和高远的志向，而是把这一切含而不露地融入宝剑的形象中，通过巧妙的艺术构思，淋漓尽致地抒发出自己满腔报国热忱。这种寓政治抱负于鲜明形象之中的表现手法，是对中国古典诗歌创作中比兴传统继承。学界有人认为施惠与《水浒传》作者施耐庵当为同一人，从本篇所散发出的豪迈之气和雄健风格上看，倒也确实有些许梁山好汉的影子。

睢景臣（生卒年不详），字景贤，扬州人，元后期散曲。自幼聪颖，读书刻苦，尤好音律，曾至杭州。著有《屈原投江》等杂剧三种，词一卷，均不传世，唯存散曲三套。其中【般涉调 · 哨遍】《高祖还乡》是元散曲套数中的名篇，当时便获得很高的声誉。钟嗣成《录鬼簿》说：“维扬诸公，俱作《高祖还乡》套数，惟公《哨遍》制作新奇，诸公皆出其下。”

【般涉调 · 哨遍】《高祖还乡》（套曲）

社长排门告示，但有的差使无推故。这差使不寻俗，一壁厢纳草也根，一边又要差夫，索应付。又言是车驾，都说是銮舆，今日还乡故。王乡老执定瓦台盘，赵忙郎抱着酒葫芦。新刷来的头巾，恰糨来的绸衫，畅好是妆么大户。

【耍孩儿】瞎王留引定火乔男女，胡踢蹬吹笛擂鼓。见一彪人马到庄门，匹头里几面旗舒：一面旗白胡阑套住个迎霜兔，一面旗红曲连打着个毕月乌，一面旗鸡学舞，一面旗狗生双翅，一面旗蛇缠葫芦。

【五煞】红漆了叉，银铮了斧，甜瓜苦瓜黄金镀。

明晃晃马镫枪尖上挑，白雪雪鹅毛扇上铺。这几个乔人物，拿着些不曾见的器仗，穿着些大作怪衣服。

【四煞】辕条上都是马，套顶上不见驴。黄罗伞柄天生曲。车前八个天曹判，车后若干递送夫。更几个多娇女，一般穿着，一样妆梳。

【三煞】那大汉下的车，众人施礼数。那大汉觑得人如无物。众乡老展脚舒腰拜，那大汉那身着手扶。猛可里抬头觑。觑多时认得，险气破我胸脯。

【二煞】你须身姓刘，您妻须姓吕！把你两家儿根脚从头数。你本身做亭长耽几盏酒，你丈人教村学读几卷书。曾在俺庄东住。也曾与我喂牛切草，拽坝扶锄。

【一煞】春采了桑，冬借了俺粟。零支了米麦无重数。换田契强秤了麻三秤，还酒债偷量了豆几斛。有甚胡突处？明标着册历，见放着文书。

【尾】少我的钱，差发内旋拨还；欠我的粟，税粮中私准除。只道刘三，谁肯把你揪捽住，白甚么改了姓，更了名，唤做汉高祖！

睢景臣这套散曲虽然名为《高祖还乡》，但和史书中的记载大异其趣。据《史记·高祖本纪》所载，刘邦是带兵击溃黥布叛乱时过沛还乡的："十二年十月，高祖已击布军会甀，布走，令别将追之。高祖还归，过沛，留。置酒沛宫，悉召故人父老子弟纵酒，发沛中儿得百二十人，教之歌。酒酣，高祖击筑，自为歌诗曰：大风起兮云飞扬，威加海内兮归故乡，安得猛士兮守四方！令儿皆和习之。高祖乃起舞，慷慨伤怀，泣数行下。"和这个踌躇满志形象完全不同，睢景臣用独特的视角，把高祖还乡变成一出滑稽可笑的历史闹剧。

闹剧始于社长挨家挨户地下通知，一边向各家索要粮草，一边还要派人出工，说是要迎接皇帝回来。銮舆：与上句“车驾”均指皇帝的车马。銮，用于车上装饰的铎铃。于是老王捧着个泥陶盘子，小赵抱着个大酒壶，逢场作戏，稀里糊涂地乱忙活。大家穿戴一新，装成一副有钱的大户人家的样子。糨（jiàng）：浆洗，衣服洗净后刷上米汁熨平，使之整洁笔挺。

在瞎王留所带的一帮人乱哄哄、闹嚷嚷的欢迎鼓乐中，皇帝的队伍出场了。先是仪仗队，声势煊赫。迎面里是几面大旗，因为这些旗帜均为乡下人所未见，于是便根据自己的生活经验随意曲解其中的图案：有白环套住了个兔子（指月旗。胡阑：即“环”的合音。下句“红曲连”同此），红圆圈里罩着个黑乌鸦（指日旗。毕月乌即传说中的三足乌。后来的星历家以日、月、火、水、木、金、土七星及各种鸟兽配二十八宿，因有“昴日鸡”“毕月乌”等说法），一只鸡在学跳舞（指凤凰

旗），还有像是狗身上长出了翅膀（指飞虎旗）、蛇缠葫芦（指蟠龙戏珠旗）。后面的人高举着的东西更可笑了，有刷过红漆的叉子、镀了银粉的斧头，还有涂上了金色的甜瓜苦瓜（指金瓜锤，仪仗用具之一，杖头为瓜形，故名）。马镫却用枪尖挑着，扇子铺了一层雪白的鹅毛（指宫扇）。还有那几个“乔人物”，手里拿着一些罕见的器仗，穿着些稀奇古怪的衣服。这个“乔”字形容装模作样，今天我们还说乔装打扮，就是这个意思。

仪仗队过后，皇帝坐的专车终于出场了。倒是真整齐，辕套上竟然全是马，连头驴都没有。皇帝坐的车上架着黄绸做的车盖（类似今天的大遮阳伞），但那伞把不知为什么却是弯的。车前站着八个好像判官似的人物（随从武官），车后的是一帮递送东西的随从（宦官杂役）。还有几个娇滴滴的女子（宫女），却很没趣地穿着同样的衣服，甚至连装扮样式也都一模一样。

在一个乡下人的眼中，那皇帝不过就是个“大汉”，且是个眼中无人的粗莽汉子，大家展脚舒腰地在那里给他施礼，“那大汉那身着手扶”。那（nuó）身：同“挪身”，挪动身体、俯下身子。猛一抬头，原来认识，差点气破肚皮。

原来不是别人，不就是曾住在村东的刘三吗，连你老婆姓吕（即吕后）我都一清二楚！你老丈人是个教书先生。你曾做过这里的亭长（亭长：秦汉时十里为一亭，设亭长，类似今天的村长。刘邦起事前曾为泗水亭长），是个沉溺于酒杯的家伙。也曾给我喂牛耕田。拽坝扶锄：指干农活儿。坝，通“耙”，碎土的农具。

春天你曾摘了俺家的桑叶，冬天你还借了我的米，至于零星支借的粮食也不知有多少了。用粮麻等实物换耕地时，硬是多要了些东西，还酒债时却偷着少给我几斛豆。斛：容积单位，古以十斗为一斛。“有甚胡突处？”有什么糊涂的地方？明明白白写在账本上，现成的借条。据《史记·高祖本纪》载，刘邦“好酒及色”。他曾向姓王的老妇赊酒吃，欠了很多酒钱。但因每次他来喝酒，店里的酒便特别好卖，所以王媪就免了他所欠的债。可见本套曲里所编的那些事还是有一定的历史依据的。

过去借的钱你说在官差钱里下拨还给我，欠我的粮要从粮税里暗地里扣除。你就承认是刘三吧，谁还能为这点东西把你揪住不放？揪捽

（zuó）：揪住不放。就为了这点事儿，平白无故地竟然改了姓、换了名，叫做什么汉高祖！

最后这一句是点睛之笔。有很多做死学问的人会大煞风景地跳出来辩称，睢景臣在这里犯了一个常识性的错误。据《汉书·高帝纪》载："五月丙寅，葬长陵……群臣曰：帝起细微，拨乱世反之正，平定天下，为汉太祖；功最高，上尊号曰高皇帝。"由此可见，刘邦的谥号是"汉高帝"，庙号是"汉太祖"。汉高祖的一名应该是由刘邦死后的谥号与庙号组合而成的，故其衣锦还乡时自不当有此称谓。就历史学而言，此说的确不错。但也有例外。《史记·高祖本纪》："太公家令说太公曰：天无二日，土无二王。今高祖虽子，人主也；太公虽父，人臣也。奈何令人主拜人臣！"其时刘邦未死，言语间当不能以"高祖"呼之。但我们没必要把这句话改过来。更何况文学创作绝不是历史记录，我们现在整天都在不亦乐乎地看"穿越"剧，并为之神魂颠倒，为什么就不能为睢景臣如此独特巧妙的艺术表现手法而叫好呢？

有读者认为作者让元代的"社长"来"排门告示"，布置迎接汉朝的皇帝大有深意。因为汉承秦制，有亭长而无社长之职。所以这是借古讽今，曲中的刘邦就是元蒙最高统治者的代名词，对刘邦的指斥就是抨击元代蒙古贵族的统治，于是这部套曲就成了爱国主义教材，被大书特书。其实都是无的放矢，强为之解。

阅读一篇文学作品，尤其是诗歌类作品，一定要放弃将自己预设的理性概念强加于作者的做法。要注重自己的感性体验，在此基础上理解并赏析作品。对神圣的调侃和亵渎是一种很有意思的现象，只有思想相对解放、精神适度放松的人才能具有独立审视历史的境界。比如魏晋时的嵇康在《与山巨源绝交书》中就有类似表现，所谓“每非汤武而薄周孔”。由于时代的原因，元散曲中不乏重新审视历史的作品，这和我们想象中的那个残酷黑暗、高压噤声的社会有一定的距离。其实我们都知道，在文字狱横行的时代，人们会尽量回避影射的嫌疑或被人穿凿附会的可能性。这类大胆而不避讳的作品的出现说明了元代文人具有怎样的精神状态，也表明当时的社会并不像我们想象的那样暗无天日。

要说艺术特点，本套曲创作风格的幽默风趣、语言的通俗鲜活，都是显而易见的。这里必须特地指出视角问题。从一个乡民的视角看这个世界，我们在杜仁杰【般涉调·耍孩儿】《庄家不识构阑》（套曲）中曾经见识过。互相比较一下，我们会发现那个进城看戏的农民非常投入，自己被戏中人物所吸引，主动融入其中；而现在这个乡民却冷冷地站在那里，只是看着外人进入自己的现实世界，看着身边的人们可劲地忙活，他自己却毫无动作。他表面上看是无知的，比如对仪仗的描述多属误解，但有时这种无知却又是直指本质——什么汉高祖，不就是以前那个粗汉子吗。因为被他识破了老底，于是结论就出来了：皇帝也是人，没什么神圣的。这种认知在那个时代简直就是振聋发聩的真知灼见！正是出于这种冷静旁观的人生态度，才能产生这么复杂而微妙的内心世界。而王乡老、赵忙郎、瞎王留他们却因身陷其中，故不可能有如此深刻的思考。换句话说，是立场决定了人的认知。睢景臣是以一个独立于官场的文人立场来写这个乡民眼中的皇帝的。这恰是本作品的独特之处。据《录鬼簿》记载，当时扬州不少散曲家以高祖还乡为题作曲，唯有睢作最为人称道，这绝不是偶然的。

乔吉（1280？—1345年），一名吉甫，字梦符，亦作孟甫，号惺惺道人，太原（今属山西）人。乔吉一生落拓潦倒，流寓杭州近四十年，是元后期南方戏剧圈中重要的作家和散曲名家。他寄情诗酒，故多有啸傲山水或调笑青楼之作。现存杂剧《扬州梦》、《金钱记》、《两世姻缘》三种，均为典型的才子佳人戏，创作风格与郑光祖相近。散曲存小令二百多首，套数十余支，是仅次于张可久的多产散曲作家。刘熙载《艺概》称之为“曲中翘楚”，创作风格以清丽见长，既朴实通俗，又兼重典雅，与张可久并称“曲中双璧”。

【中吕·山坡羊】《寓兴》

鹏抟九万，腰缠十万，扬州鹤背骑来惯。事间关，景阑珊。黄金不富英雄汉，一片世情天地间。白，也是眼；青，也是眼。

这首曲子表现了作者超然物外，冷眼观世的人生态度。题目《寓兴》就是寄兴的意思，侧重抒发他在经历了各种世态磨砺之后的一种解脱感。

起首处用了两个典故。其一“鹏抟九万”出自《庄子·逍遥游》所谓大鹏鸟“抟扶摇而上者九万里”，是超凡脱俗的象征。抟（tuán）：盘旋飞舞貌。其二出自南朝宋人殷芸《小说》：“有客相从，各言所志：或愿为扬州刺史，或愿多资财，或愿骑鹤上升。其一人曰：腰缠十万贯，骑鹤上扬州，欲兼三者。”是追求权势、富贵还要长生不老尽情享乐，这两个典故之间就形成了鲜明的对比。而现实却是残酷的，“事间关，景阑珊”。间关：辗转、不顺利。这一句是说自己人生路途艰辛，境况颓唐。在想象中以为轻而易举就能得到的东西，待到尝尽世间百味后才真正知道“黄金不富英雄汉”，浪漫的理想得不到财富的垂青。乔吉【正宫·绿么遍】《自述》：“不占龙头选，不入名贤传……笑谈便是编修院。留连，批风抹月四十年。”可知他一生穷愁，无权无势。原先的少年壮志此时都被困顿坎坷所替代，“世情别，故交绝，床头金尽谁行借？”（【中吕·山坡羊】《冬日写怀》）于是他看透世间人情冷暖，也就无牵无挂，不再为他人对待自己的态度而纠结。《晋书·阮籍传》：“籍又能为青白眼。见礼俗之士，以白眼对之。”阮籍对尊重或喜爱的人青眼相待，眼睛正视，而对自己厌恶的人则眼珠向上，翻以白眼，表示厌恶。乔吉在本曲结尾说：“白，也是眼；青，也是眼。”却要表明另外的意思，即人到了一定的境界，能看破一切，不为毁誉所动。

在作者看似轻松的调侃语句中，我们能体验到他所经历的种种人生百态，其间酸甜苦辣，虽未直接写出，但却可以想见。如此境况下，若不肯自轻自贱，那就只会形成他这种看似与世无争、玩世不恭，实际上却是坚守信念、不同流合污的性格。钟嗣成在《录鬼簿》中说他：“美姿容，善词章，以威严自饬，人敬畏之。”从中约略可以看出乔吉的为人与处境。

【双调·折桂令】《荆溪即事》

问荆溪溪上人家，为甚人家，不种梅花？老树支门，荒蒲绕岸，苦竹圈笆。寺无僧狐狸样瓦，官无事乌鼠当衙。白水黄沙，倚遍栏干，数尽啼鸦。

《荆溪即事》以写荆溪岸边荒芜的景象来抨击当地官员漠视民生，表现了作者对黑暗吏治的强烈不满和对贫苦百姓的深切同情。

荆溪，在江苏宜兴南太湖流域，因靠近荆南山而得名。这里历来是个山清水秀的好地方，唐许浑曾有诗句云："荆溪夜雨花开疾，吴苑秋风月满频。"（《题苏州虎丘寺僧院》）可是当作者来到此地时看到的却是"老树支门，荒蒲绕岸，苦竹圈笆"。枯树勉强支撑着院门，溪边丛生着一片荒芜缭乱的蒲苇，溪边人家只是用苦竹围成了一圈篱笆院墙。在他眼中呈现出的这一幅荒寂凄凉图画里竟没有一丝生意。因此作者曲首劈头便问，荆溪边的人家，为什么你们不种梅花呢？

原因在于"寺无僧狐狸样瓦，官无事乌鼠当衙"。前一句字面上看

仍然是荆溪荒凉破败景色中的一部分，没有了住寺僧人，野狐狸便肆意在庙顶的瓦上窜来窜去。同时这一句又是在运用《诗经》以来的传统比兴手法，和下句的“官无事乌鼠当衙”形成同构关系，衙门里没有了为民办事的官员就如同寺庙里没有了僧人。这是本作品最有力的一笔，表明了正是由于当地官员的放任自流，才使得乌鸦、老鼠之辈胡作非为，导致前面所说的那种荒芜衰败景象。全曲最后三句抒发作者痛苦的心情。他登高倚栏远望，面对着“白水黄沙”这一毫无生机的死寂世界，只能一遍遍地数着悲啼的乌鸦。这一结尾散发出一种迷惘、茫然而不知如何是好的心境。

乔吉曾总结过作散曲的要诀：“作乐府亦有法，曰凤头、猪肚、豹尾六字是也。大概起要美丽，中要浩荡，结要响亮。尤贵在首尾贯穿，意思清新。”（陶宗仪《南村辍耕录》卷八）以此衡量本曲，作者一开始把梅花作为美好生活的象征，并以此发出疑问。随后便铺写丑陋的现实境况，前后形成鲜明的对比，使读者有触目惊心之感。如果连起码的生计都无法解决的话，何谈种什么梅花！作者没有直接指斥吏治的腐朽、官员的贪暴，完全是用意象说话。最终以主人公徘徊高楼，遍数啼鸦的行为方式做结，颇有余味，耐人深思。

【双调·水仙子】《寻梅》

冬前冬后几村庄，溪北溪南两履霜，树头树底孤山上。冷风来何处香？忽相逢缟袂绡裳。酒醒寒惊梦，笛凄春断肠，淡月昏黄。

中国文化中素有以花比德的传统，如陶渊明之爱菊、周敦颐之爱莲，郑燮之爱兰花，皆以其有似君子之德，故能于赏玩之际，又可陶冶性情。梅花以其严冬绽放，傲雪凌霜，花色素雅，香气清幽，遂成为淡泊坚贞而遗世独立的品格象征，与兰、菊、竹被誉为“岁寒四友”。历代文人墨客留下了不计其数关于梅花的作品，其中最有名的当为林逋之七律《山园小梅》：

众芳摇落独喧妍，占尽风情向小园。疏影横斜水清浅，暗香浮动月黄昏。霜禽欲下先偷眼，粉蝶如知合断魂。幸有微吟可相狎，不须檀板共金樽。

据沈括《梦溪笔谈·人事》载：“林逋隐居杭州孤山，常畜两鹤，纵之则飞入云霄，盘旋久之，復入笼中。逋常泛小艇，游西湖诸寺。有客至逋所居，则一童子出应门，延客坐，为开笼纵鹤。良久，逋必棹小船而归。盖尝以鹤飞为验也。”因林逋不娶无后，后人因此附会为“梅妻鹤子”之说，足见梅花在其心目中地位之重。乔吉落拓杭州三十余年，与林逋一样同在西湖之畔，同样一生不仕。故其《寻梅》一曲，自然有所寄托——他是在追寻前贤，以从中获取一份精神力量。

这种执着的追寻集中表现在前二句中：“冬前冬后几村庄，溪北溪南两履霜。”写出了寻梅过程中时间上的漫长（冬前冬后）、空间上的广泛（溪北溪南）以及其间的种种艰辛（一双鞋沾满了白霜）。而当他来到小孤山上当年林逋隐居之处时，他的殷勤寻觅终于有了收获。不知是哪里吹过来的冷风送来一缕清香，蓦然发现梅花正如身着白衣绸裙的圣女，高洁而飘逸。缟袂绡（xiāo）裳：素绢的衣袖、薄绸的裙子。这里侧重于写梅花带给人们的嗅觉和视觉享受，并以此来表达自己内心的欣喜，这是写梅花的常用手法，如宋代的卢梅坡《雪梅》就有“梅须逊雪三分白，雪却输梅一段香”的名句。而“忽相逢”三字照应前两句形成对比关系，让我们想起了“踏破铁鞋无觅处，得来全不费工夫”的说法。

这一切美好的情景却被“酒醒寒惊梦”一句粉碎，作品中的情感忽然一变而为低沉、忧伤：当诗人在初见梅花时的醉梦境界中清醒过来后，此时却传来了凄婉的笛声和昏黄的月光。结尾化用林逋“疏影横斜水清浅，暗香浮动月黄昏”的句子，更深入一步描写梅花之神韵，而花如其人，这就折射出了作者因理想难以实现而产生出的黯然、怅惘之感。寻梅的过程就是寻梦的过程，梦想的幻灭又必然使作者格外失落困顿。本篇情感起伏一波三折，真实地反映了作者微妙复杂的心曲。

北宋有位叫王淇的诗人写过一首咏梅绝句：“不受尘埃半点侵，竹篱茅舍自甘心。只因误识林和靖，惹得诗人说到今。”他似乎预感到此后会有人重复林逋（字和靖）与梅花之间的故事，而乔吉本曲便是一种回应。

【双调·水仙子】《重观瀑布》

天机织罢月梭闲，石壁高垂雪练寒，冰丝带雨悬霄汉。几千年晒未干，露华凉人怯衣单。似白虹饮涧，玉龙下山，晴雪飞滩。

这是一支描摹山间瀑布的摹景之作。此前，作者曾写过一首同曲牌的《乐清白鹤寺瀑布》，这是诗人第二次游赏该瀑布时所写，故题为《重观瀑布》。乐清在今浙江温州东北，白鹤寺是乐清最古老的寺院，相传东晋时张文君舍宅为寺，建寺之日有白鹤飞鸣其上，故名。白鹤寺比邻丹霞山麓，上接双瀑飞泉，古时为“乐清八景”之一，至今双瀑仅余其一。乔吉初次到此游玩时所写的《乐清白鹤寺瀑布》如下：

紫箫声入九华天，翠壁花飞双玉泉，瑶台鹤去人曾见。炼白云丹灶边，问山灵今夕何年，龙须水朱砂腻，虎睛丸金汞圆，海上寻仙。

主要侧重于写和乐清白鹤寺及此瀑布有关的历史传说，对瀑布本身着笔不多。正因如此，作者似意犹未尽，于是才有了这首《重观瀑布》。在这首续作中，作者主要描写瀑布雄伟瑰丽的自然景观。

开头几句主要写远观瀑布的印象。作者运用以静写动的手法，把日夜飞泻不停的瀑布想象成天宫中织女星织出的白练，从天上一直悬垂到高峻陡峭的石壁上。这就很像李白写庐山瀑布的“飞流直下三千尺，疑是银河落九天”了。不同就在于乔吉在后面还跟上了一句很有趣的话：“几千年晒未干。”这一句比喻之妙，使全篇都生动活泼起来。它上承织女织布的传说，顺势以晒布的生活场景增加作品的情趣，又传递出了瀑布水势之大，长年不曾断流的有效信息。

中间一句“露华凉人怯衣单”写近观瀑布时的感受。从白练上抖落的飞沫溅到身上凉意逼人，顿感衣衫单薄，不胜其寒。末三句连用比喻：民间传说虹似两首龙，垂首饮于水。宋沈括《梦溪笔谈》载：“世传虹能入溪涧饮水，信然。”古人又有白虹贯日、气贯长虹等说法，故“白虹饮涧”

很好地写出了瀑布的雄壮气势。“玉龙下山”乃双关语，首先是形容瀑布沿山壁奔流的姿态如同一条蜿蜒绵长的游龙。宋代大文豪苏东坡《青玉峡漱玉亭》诗写庐山瀑布，中有“擘开青玉峡，飞出两白龙。乱沫散霜雪，古潭摇清空”之语。其次，“玉龙”一词又是形容雪花的，出宋张元幹《雪诗》：“战死玉龙三百万，败鳞风卷满天飞。”乔吉这里拿来形容瀑布跌落时迸珠溅玉，在阳光的照耀下，犹如晴天之中突然降下漫天大雪，雪花纷纷扬扬堆满了滩头——即最后一句所谓“晴雪飞滩”。

乔吉曾被后人比作是元曲作家中的李白，从本作中也可以看出其奇特的想象力，最突出的特色是比喻新奇：从“雪”到“冰”、从“雨”到“露”、从“白虹”到“玉龙”等多角度、多侧面的博喻，读之令人心旷神怡，如临其境。如果从雄奇豪迈的浪漫风格上着眼，乔吉本曲涵容天地、气势超凡，其才调高迈和李白确实有些相近之处。

同样是这个瀑布，初唐诗人沈佺期也写过一首题为《白鹤寺》的五言律诗：

碧海开龙藏，青云起雁堂，潮声应法鼓，雨气湿天香，

树接前山暗，溪乘瀑水凉，无言谪居远，清净得空王。

以此作“雨气湿天香”一句与乔吉本曲“几千年晒未干”一语相较，见得唐诗之雅与元曲之俗。然而能将俗语入曲，却不流于油滑粗鄙，则必然要有前后句的帮衬，不然全篇皆俗语，则成街谈巷议、贩夫走卒之论矣。

刘时中（生卒年不详），名致，号逋斋，石州宁乡（今山西离石）人，元散曲作家。官至任太常博士、翰林待制、江浙行省都事。今存小令七十二首，套曲四支，其中【正宫·端正好】《上高监司》是元散曲中篇幅最长的套数。一说元散曲作家中有两个刘时中，其一为石州人，所做皆为小令；其二为古洪（今江西洪州）人，所作多为套曲。

【双调·新水令】《代马诉冤》（套曲）

世无伯乐怨他谁？干送了挽盐车骐骥。空怀伏枥心，徒负化龙威。索甚伤悲，用之行舍之弃。

【驻马听】玉鬣银蹄，再谁想三月襄阳绿草齐。雕鞍金辔，再谁收一鞭行色夕阳低。花间不听紫骝嘶，帐前空叹乌骓逝。命乖我自知，眼见的千金骏骨无人贵。

【雁儿落】谁知我汗血功，谁想我垂缰义，谁怜我千里才，谁识我千钧力？

【得胜令】谁念我当日跳檀溪，救先主出重围？谁念我单刀会随着关羽？谁念我美良川扶持敬德？若论着今日，索输与这驴群队！果必有征敌，这驴每怎用的？

【甜水令】只为这等乍富儿曹，无知小辈，一概地把人欺。一地里快蹿轻跐，乱走胡奔，紧先行不识尊卑。

【折桂令】致令得官府闻知，验数目存留，分官品高低。准备着竹杖芒鞋，免不得奔走驱驰。再不敢鞭骏骑向街头闹起，则索扭蛮腰将足下殃及。为此辈无知，将我连累，把我埋没在蓬蒿，失陷污泥。

【尾】有一等逞雄心屠户贪微利，咽馋涎豪客思佳味。一地地把性命亏图，百般地将刑法陵迟。唱道任意欺公，全无道理。从今去谁买谁骑？眼见得无客贩无人喂！便休说站驿难为，则怕你东讨西征那时节悔！

本套曲借“代马诉冤”之名，为世间被埋没的人才打抱不平，其实质当是为自己的怀才不遇鸣冤喊屈。

首二句直说，不必再抱怨了，今日世上已没有了能慧眼识宝马的伯乐，骐骥良马都被白白送去贩盐运货了。此处化用《战国策·楚策六》骐骥“服盐车而上太行，蹄申膝折”的典故。从“空怀伏枥心”一句中我们知道，这已是匹老马，而“徒负化龙威”，则说明他曾经多么威风。中国传统中历来有良马化龙或神龙变马的传说（大家最熟悉的大概就是《西游记》里唐僧骑的那匹白龙马了）。如今这匹良马内心一定非常伤悲：当年用时随便用，现在不用时便扔到了一边不管不问了。《论语·述而》篇有“用之则行，舍之则藏”的话，意思本来是受重用时就应全力施展才能，不受重用时就要及时韬光养晦。这里断章取义，发泄对马主人的不满——有用时便可劲地使唤，没有用了便扔到一边不管不问。

【驻马听】一曲追忆往日辉煌。“玉鬣银蹄”描写当年这匹白马的风光，“雕鞍金辔”是暗示其曾有的高规格待遇。三月襄阳：用刘备独赴襄阳会之事。《三国志·蜀志·先主》“荆州豪杰归先主者日多”。裴松之注引《世语》记：刘备骑的卢马“堕襄阳城西檀溪水中，溺不得出。备急曰：的卢，今日厄矣，可努力！的卢一踊三丈，遂得过”。而“帐前空叹乌骓逝”是用项羽乌江岸边厮杀之典故。“千金骏骨无人贵”则是出自《战国策·燕策一》，国君求购千里马，有人用了五百金买回一匹马的骨骸，国君怒，他却说“死马都能出重金，活马随后就会到”。果然不出一年，就得到三匹千里马。此处用这个故事说今天没有能如此爱才而不惜财的人了。

随后【雁儿落】开始诉苦。汗血功：汉武帝时张骞出西域，曾带回西域当地的良马，名“汗血宝马”，传说能“日行千里，夜行八百”。以此典故来照应本段下句“谁怜我千里才？”。垂缰义：十六国时，前秦苻坚被慕容冲追击，半途落马，掉入水中，他所骑之马俯跪于岸边，垂下缰绳，苻坚得援缰上马，脱险而归。此典故照应下句“谁识我千钧力？”。意思是今天再也没有慧眼识才的人了。

【得胜令】头两句是以刘备坐骑的卢马和关羽的赤兔马自比，而“美良川扶持敬德”说的是隋唐之际好汉尉迟恭（字敬德）在美良川（今称美阳川，在山西闻喜县南）与秦琼骑马大战一事。这一切都被人忘却，故而愤愤不平地连用了三个“谁念我”。如今沦落到与驴为伍的地步，驮货物甚至还输给了这群驴。果然要打仗时，这些驴怎能派上用场！驴每：即驴们，这些驴。

接着【甜水令】便数落这些蠢驴。指斥他们如同暴富的小人，只知道一味地乱蹦乱跳，争先抢道，甚至不知道礼让。一地里：一味地。【折桂令】说官府和当权者在统计数目后重用驴子，而骏马却要准备着被指使到下面去拉盐车、服苦役，“把我埋没在蓬蒿，失陷污泥”。

最后一段写骏马的结局尤为凄凉。被排挤、服苦役还不是最坏的结局，有那种利欲熏心的屠夫和好吃的馋鬼，一个劲儿地想谋害性命，千方百计避开法律的惩处。按，军马不得随意宰杀。凌迟：本为一种将犯人碎割而死的酷刑，这里说“将刑法陵迟”是一点点、逐步破坏法律的意思。即指先将军马当成商马，又将能驮货物的马当成老马，然后再行宰杀。“唱道任意欺公”，真是任意欺侮公正。唱到：亦作“畅到”、“畅好是”，元曲常用俗语，真个是的意思。到了那时节，“谁买谁骑？眼见得无客贩无人喂！”别说驿站没有可用的马，只怕你打仗时就更后悔莫及了。站驿：即官办驿站。

全曲以千里马的怀才不遇及其悲惨的命运，借物喻人，抨击社会不公、世道黑暗，人才不仅得不到应有的尊重，反受到奸佞小人的陷害，寓意明显而贴切。作者运用生动的语言，借老马的口吻，淋漓尽致地宣泄出人生被他人所支配的不平和郁闷。而比较一下韩愈的《马说》：

世有伯乐，然后有千里马。千里马常有，而伯乐不常有。故虽有名马，只辱于奴隶人之手，骈死于槽枥之间，不以千里称也……呜呼，其真无马邪？其真不知马也。

尽管题材内容有一定的相似之处，但具体呈现出的面貌却大异其趣。与古文写作的形式相适应，韩愈这里呈现出的是理性、内敛的风格。而在刘时中的作品中我们能明显地感受一种委屈、幽怨的情绪，这也符合元代散曲长于抒情的本质特点。几乎与刘时中同时，姚守中作有套曲【中吕·粉蝶儿】《牛诉冤》、曾瑞也有套曲【般涉调·耍孩儿】《羊诉冤》，其风格和刘时中本套曲非常接近，都是借动物口吻代人诉冤。那运用铺排回环的手法、惟妙惟肖的语气和通俗生动的整体风格，其实已经非常接近后来我们所熟悉的曲艺说唱艺术。

薛昂夫（生卒年不详），原名薛超吾（亦作“薛超兀儿”），以第一字为姓。回纥（今维吾尔族）人。汉姓马，字昂夫，号九皋，故亦称马昂夫、马九皋。元代散曲家。先世内迁，居怀孟路（今河南沁阳）。据赵孟頫《薛昂夫诗集·序》，他是“西戎贵胄”，祖、父皆封覃国公。薛昂夫曾执弟子礼于刘辰翁门下，官至太平路总管、三衢路达鲁花赤。晚年隐退，居江南一带。善篆书，有诗名。其散曲多连章之作，独出心机。现存小令六十余首，套曲三篇。

【双调·蟾宫曲】《雪》

天仙碧玉琼瑶，点点杨花，片片鹅毛。访戴归来，寻梅懒去，独钓无聊。一个饮羊羔红炉暖阁，一个冻骑驴野店溪桥。你自评跋，那个清高，那个粗豪？

东晋时谢惠连曾经写过一篇近两千字的《雪赋》，与谢庄的《月赋》并称为六朝咏物小赋的代表作。其实薛昂夫的这支五十余字的小令，就是用散曲的形式写就的一篇咏雪赋。

按照咏物之作的一般模式，首先要描摹所咏之物的外在形象，本曲前三句就正是如此。作者先以碧玉琼瑶形容雪之晶莹洁白，继而以杨华（即柳絮）、鹅毛形容雪之轻盈飘舞。以柳絮形容冬雪出《世说新语·言语》

篇："谢太傅寒雪日内集，与儿女讲论文义。俄而雪骤，公欣然曰：白雪纷纷何所似？兄子胡儿曰：撒盐空中差可拟。兄女（即才女谢道韫）曰：未若柳絮迎风起。"后来苏轼有《少年游》诗云："去年相送，余杭门外，飞雪似杨花。"而我们今天一直还在用鹅毛大雪一语。由此也可看出，起首三句还写出了由开始时的如天仙散花点点晶莹透彻，直到片片大如鹅毛的完整的降雪过程。

咏物若只描摹形象，则不免流于浅浮。本作品最重要的地方在于，作者要写出大雪带给人们的一种截然不同的内在影响。关于这一点薛昂夫连用了三个典故：其一，《世说新语·任诞》篇记，王徽之居山阴（今浙江绍兴）时，忽遇降雪，想起住在剡中（今浙江嵊县）的好友戴安道，便连夜乘舟访友，至其门前，天亮雪霁，竟然过门不入而返回。人问原因，他说了那句我们大家都熟悉的名言："吾本乘兴而行，兴尽而返。"这一举动彰显的是名士风流。其二，元费唐臣的《贬黄州》杂剧第二折里有"为不学乘桴浮海鸱夷子，生扭做踏雪寻梅孟浩然。"表现诗人雅士赏爱雪景、苦心吟咏的情致。其三，化用柳宗元"独钓寒江雪"句意。柳宗元为寄托自己政治上失意的郁闷和苦恼，曾写下脍炙人口的五言绝句《江雪》："千山鸟飞绝，万径人踪灭。孤舟蓑笠翁，独钓寒江雪。"表现出自己桀骜不群的独立品格。但应当注意的是，后二者薛昂夫却是反用其意：

说自己懒得像孟浩然那样雪下苦吟，而柳宗元所谓独钓也甚无意趣。因为他们都只不过是把雪当成了表述自己心境的工具，因而忽略了享受大雪世界本身所特有的那种奇妙的美丽。

因此作者随后用了两个同是以下雪为背景的相反的事例做对比："一个饮羊羔红炉暖阁，一个冻骑驴野店溪桥。"羊羔：美酒名。前一句出自白居易《问刘十九》绝句："绿蚁新醅酒，红泥小火炉。晚来天欲雪，能饮一杯无？"后一句用孙光宪《北梦琐言》卷七所说郑綮事："相国郑綮善诗……或曰：相国近有新诗否？对曰：诗思在灞桥风雪中驴子上。"紧接着诗人让读者自己来判断，像白居易那样在大雪天围着暖炉吃酒和郑綮所谓风雪中骑驴过桥，你能说哪个高雅，哪个粗俗吗？评跋：本指写在书籍、文章、金石拓片等后大多属于评介、鉴定、考释之类的短文，此处指评价。究竟应该肯定哪一个，否定哪一个，作者并没有给出标准答案。这种开放式的结尾，在元散曲中尚比较少见，它使得作品既洒脱有趣，同时又耐人回味。

全曲于写景抒情之中，及其巧妙地化用典故；评头论足之间，又不乏意趣、高见。《南曲九宫正始·序》称其"词句潇洒，自命千古一人"，非虚美也。又，沈禧写过一首套曲【南吕·一枝花】《咏雪景》，与薛昂夫此作堪称姊妹篇，亦可参阅。

【双调·庆东原】《西皋亭适兴》

兴为催租败，欢因送酒来。酒酣时诗兴依然在。黄花又开，朱颜未衰，正好忘怀。管甚有监州，不可无螃蟹。

西皋亭：当位于杭州皋亭山西麓（一说在江苏无锡）。适兴：即随性、适情的意思。本曲当是作者晚年定居杭州时所作，主要表现了重阳节登高之际，诗人内心涌动出的向往快意顺性、不为仕途所羁绊的人生追求。

起首二句将两个著名的有关重阳节的历史典故巧妙地做了对比。其一见载于惠洪《冷斋夜话》：北宋潘大临善作诗，然家甚贫。其友临川人谢逸曾写信问："近新作诗否？"潘答："秋来景物，件件是佳句，恨为俗气蔽翳。昨日清卧，闻搅林风雨声，遂题壁曰：满城风雨近重阳。忽催租人来，遂败意。"所以他只写了这一句就再也没能写下去。其二出自萧统《陶渊明传》："九月九日出宅边菊丛中坐，久之，满手把菊。"此时正好江州刺史王弘派人送酒过来，陶渊明"即便就酌，醉而归"。本言"适兴"而先说败兴之事，"兴为催租败"一句只不过是对日常生活中各种俗务的典型性反映。而随后的"欢因送酒来"，正因有了前一句的铺垫，更加酣畅淋漓地反衬出作者快意欣喜的情态，这就是创作中的欲扬先抑手法。所以下面顺势点出"酒酣时诗兴依然在"，所谓诗酒风流，正指此辈之人。

如果说首二句败兴与尽兴的对比突出了人世间雅与俗的尖锐对立，那么中间"黄花又开"对"朱颜未衰"二句则在红黄对比之中，尽显人与自然的和谐境界。菊花之盛开上承陶渊明九月九"满手把菊"之典，又使我们想起他那首著名的《饮酒》诗中"采菊东篱下，悠然见南山"的句子。红颜：本多用于指年轻人，此处说"红颜未衰"则是作者在告诉我们他仍然是一个充满了生活热情的人，而不是个万念俱灰、毫无意趣的行尸走肉。如此秋高气爽的好时节，如此好的人生阶段，"正好忘怀"。

这里要忘怀的首先就是第一句中所提到的“兴为催租败”一类的世俗纷扰，其实也就是要忘掉人生中的所有烦恼和不如意。

最后两句“管甚有监州，不可无螃蟹”，特意点出要忘掉的还包括很重要的一点，就是仕途上的各种羁绊与拘谨。欧阳修《归旧录》卷二：“往时有钱昆少卿者，家世余杭人也，杭人嗜蟹，昆尝求补外郡，人问其所欲何州，昆曰：但得有螃蟹无通判处，则可矣。”通判，宋代于各州所置官职，凡州府公事，须知州与通判连署方能生效。虽官位仅为八品上下，但因可直接向皇帝奏报州郡官员的情况，兼有监察官性质，故又称“监州”。苏轼《金门寺中》一诗就有“欲向君王乞符竹，但忧无蟹有监州”的句子。自东晋南迁，江东饮食风味也逐渐得到人们的首肯，文人多以喜食螃蟹为随兴适情之举。《世说新语·任诞》载，名士毕卓（字茂世）嗜酒，曾说“右手持酒杯，左手持蟹螯，拍浮酒船中，便足了一生矣”。而在元散曲中马致远【双调·夜行船】《秋思》套曲中最后一段曾写道：“带霜分紫蟹，煮酒烧红叶，想人生有限杯，浑几个重阳节。”也表达了同样的思想情感。其实薛昂夫写过两首【双调·庆东原】《西皋亭适兴》，其另一首姊妹篇是这样写的：

晓雨登高骤，西风落帽羞，蟹肥时管甚黄花瘦。红裙谩讴，青樽有酒，白发无愁。晚节傲清霜，老圃香初透。

薛昂夫在本曲中所表现出的颇为疏狂放逸的文人性格和蔑视官场桎梏的气概，令人联想起李白《梦游天姥吟留别》“安能摧眉折腰事权贵，使我不得开心颜”的诗句。全曲活用典故，却一气呵成，豪放畅快，全无滞涩生硬之感。

【双调·楚天遥过清江引】《送春》（二首）

屈指数春来，弹指惊春去。蛛丝网落花，也要留春住。几日喜春晴，几夜愁春雨。六曲小山屏，题满伤春句。

春若有情应解语，问着无凭据。江东日暮云，渭北春天树，不知那答儿是春住处？

有意送春归，无计留春住。明年又着来，何似休归去？桃花也解愁，点点飘红玉。目断楚天遥，不见春归路。

春若有情春更苦，暗里韶光度。夕阳山外山，春水渡傍渡，不知那答儿是春住处？

这两首【双调】带过曲是姊妹篇，所写为我国传统诗歌中的惜春、叹春题材。前一首上阕【楚天遥】部分改编自高观国【卜算子】《泛西湖坐间寅斋同赋》一词，其词曰：

屈指数春来，弹指惊春去。檐外蛛丝网落花，也要留春住。　几日喜春晴，几夜愁春雨。十二雕窗六曲屏，题遍伤春句。

高观国是南宋中晚期山阴（今浙江绍兴）人，与定居杭州的薛昂夫无论是时间上还是空间上都不太遥远，因此对他的作品也就比较熟悉。开头说经过漫长的等待，春天终于降临，然而屈指一算，不过几日——如弹指一挥之间，春天便要归去了，这使作者心中感到难以接受。当年辛弃疾曾写过一首著名的惜春题材词作【摸鱼儿】。其上阕云：“更能消、几番风雨、匆匆春又归去。惜春长怕花开早，何况落红无数。春且住。

见说道、天涯芳草无归路。怨春不语。算只有殷勤，画檐蛛网，尽日惹飞絮。”在诗人眼中，蛛网上挂住的花瓣，似乎是故意为惜春的人们留住春天的脚步。“蛛丝网落花，也要留春住”二句显然由此而来。接下来诗人说且喜春日晴好，有花可赏；只愁夜来风，落叶摧花。触景伤情，诗人在六扇屏风上写满了伤春的诗句。屏风三折如山形，称“六曲小山屏”。

下阕【清江引】部分诗人设想多情的春天也应该能听得懂我的话，如果信口说没有依据，那么就借用唐诗中的名句问一下：“江东日暮云，渭北春天树”，这两个地方究竟你要到哪里去呢？那答儿：同“哪答儿”，即哪里、哪边。按，杜甫《春日忆李白》诗有“渭北春天树，江东日暮云”之句，薛昂夫在这里显然把春天当成了自己的知心朋友。

后一首上阕【楚天遥】部分同样改编自宋剡县（今浙江嵊县）明心寺僧人僧仲皎（字如晦）的一首题为《送春》的【卜算子】词：

有意送春归，无计留春住。毕竟年年用着来，何似休归去。

目断楚天遥，不见春归路。风急桃花也似愁，点点飞红雨。

下阕【清江引】部分设想春天本身也为自己生命的短暂而愁苦。韶光：美好时光。最后引用宋戴复古《世事》诗：“春水渡傍渡，夕阳山外山。”感慨不知春天究竟是在水那边还是在山那边。

需要提醒一句，戴复古是南宋天台黄岩（今属浙江台州）人。其《世事》为五律，共八句：

世事真如梦，人生不肯闲。利名双转毂，今古一凭栏。

春水渡傍渡，夕阳山外山。吟边思小范，共把此诗看。

从此诗最后有“吟边思小范”一句看，结合前一首所引杜甫《春日忆李白》的句子，我们大致可以猜测出，这两首情意缠缠的连章之作与其说是用拟人的手法写送春，还不如说是以含蓄的比兴的手法来抒发惜别送人之情感更为准确些。换句话说，是那个就要离开自己的朋友把他心上的春天带走了。他想挽留住朋友，但就像春天无法挽留一样，作者只好顺其自然，唯一值得期待的是春天的再次到来。

应当注意的是，这两首作品在语言运用上的一个非常突出特点就是反复出现的那个“春”字。按曲牌规定，【楚天遥】句式为通篇五字八句，【清江引】七五、五五七（本曲最后一句九字是加了两个衬字“答儿”）共五句，合计十三句，两首带过去总共也不过二十六个句子罢了，但却反复用了十五个“春”字，有时上下句中连续出现，甚至在“春若有情春更苦”这样的句子中出现过两次。这种特意重叠使用一个字的手法，使得全篇营造出一种回环往复的节奏感，读来流畅上口，而且能很好地突出强调了作者对春天的执着情感。

张可久（约1270—1348年以后），名伯远，号小山，以字行（一说字仲远），庆元（今浙江宁波鄞县）人。以路吏转首领官，又曾为桐庐典史。一生怀才不遇，时官时隐，至正初年七十余岁时尚为人作幕僚。曾漫游江南，足迹遍及江苏、浙江、安徽、湖南等地，与马致远、卢挚、贯云石、薛昂夫等互有唱和。晚年隐居杭州一带。张可久能诗，然以散曲盛称于世。存世散曲小令八百多首，套曲近十篇，数量居元散曲作家之冠。散曲作品在其生前即已有《小山北曲乐府》等刊行于世，可见当时影响之大。

【双调·折桂令】《读史有感》

剑空弹月下高歌，说到知音，自古无多。白发萧疏，青灯寂寞，老子婆娑。故纸上前贤坎坷，醉乡中壮士磨跎。富贵由他，谩想廉颇，谁效常何！

此曲写自古读书人难遇知己之人，抒发壮志难酬、怀才不遇的愤懑和不平。题目叫作《读史有感》，首句就是从两个历史故事说起的。其一“剑空弹”，用《战国策·齐策》冯谖（xuān）之事。冯谖初为孟尝君门下客，曾三次弹剑而歌，索求高规格待遇，孟尝君皆满足了他的要求。后来冯谖发挥其出色的才干，为孟尝君“市义”、营造“三窟”，方使其政治事业久盛不衰。其二“月下高歌”，化用春秋时宁戚遇齐桓公事。宁戚出

身微贱，曾为人挽车喂牛。《离骚》“宁戚之讴歌兮”宋洪兴祖补注引《三齐记》载其歌曰：“南山矸，白石烂，生不遭尧与舜禅。短布单衣适至骭，从昏饭牛薄夜半，长夜漫漫何时旦？”齐桓公闻之，拜为大夫，与管仲、鲍叔牙等均为桓公霸业的主要辅佐者之一。后人遂以宁戚夜歌为不遇之士自求用世的典实。在作者看来，这两个故事是得遇知音的典型事例，但下面跟着却笔锋一转：“说到知音，自古无多。”

紧接着作者用三个并列短句描写自己所见的当今现实来印证他的这个看法。“白发萧疏”是说士人等了一辈子，白发也脱落了，却还没遇到个知音。萧疏：白发稀稀落落的样子。“青灯寂寞”是指清苦的读书生涯，也可以解释为理想破灭而厌弃功名，出家修道，在寺庙中度过一生。“老子婆娑”，战国时老莱子一生未仕，年过古稀，还守在父母跟前，着五彩衣戏耍娱亲。婆娑：形容舞姿。这三句写尽了所有失意的读书人的窘况，其实又何尝不是作者自己现状的真实写照呢。

为了获得心灵上的解脱和慰藉，作者把视线放到历史长河中，寻找精神上的寄托：“故纸上前贤坎坷，醉乡中壮士磨跎。”故纸：指古书，此处切合《读史有感》之题。磨跎：同“蹉跎”，指虚度光阴、消磨时间。在历史与现实的比对中，作者的才华终于得到了间接的肯定——李白《将进酒》不也曾说过“自古圣贤皆寂寞，唯有饮者留其名”吗？连那么贤明的古人都坎坷蹉跎一生，沉溺于酒中，自己还有什么可抱怨的呢？其实这就是读书人生活中注定的常态啊！那么，所谓富贵腾达、功名利禄等，干脆都听天由命去吧。最后以“谩想廉颇，谁效常何”二句做结，回到《读史有感》的主题上来。廉颇：战国时赵国大将军，后年老而至魏，赵王还想再次起用他，并专门派人去探视他的身体。尽管后来因馋人离间，终未能起用，但像廉颇这样到老还有人惦念的事情如今却根本别想了。谩想：别想，不要想。常何：初唐时任中郎将。据《新唐书·马周传》载，马周家贫少孤，至京城后，居于常何家中。唐太宗下令百官论朝政得失，马周为常何条陈三十余事。常何本是一介武夫，太宗感到奇怪，常何实情相告，遂立召马周，拜为监察御史，后得任中书令（即宰相）。这最后一句是感慨如今还有谁肯效仿常何那样不拘一格举荐人才啊。

在这首小令中，作者借古人酒杯，浇自家难觅知音的胸中块垒。他选取的事例典型恰当，语句平实而又发人深省，其中也包含有对封建社会埋没贤能、不重人才的揭露和批判。同时，由于经历和性格决定了他的生活态度比较顺从平和，因此虽有愤懑和不平，却非张牙舞爪式的怒斥和指责，而是带有一种“怨而不怒”的风格，内敛而有力道。

【双调·折桂令】《酸斋学士席上》

岸风吹裂江云，迸一缕斜阳，照我离樽。倚徙西楼，留连北海，断送东君。传酒令金杯玉笋，傲诗坛羽扇纶巾。惊起波神，唤醒梅魂。翠袖佳人，白雪阳春。

这是一首写送别酒宴的小令。酸斋学士：指贯云石（号酸斋），元代著名散曲家。从曲中所写内容看，当是作者即将远行，贯云石遂召集友人并设酒席以送之，席间张可久写下了这首作品。

本作开头最有气势。若只说江风吹云、斜阳夕照不甚奇特，然作者用一“裂”字、“迸”字，则境界全出。“裂”字足以表现出风之猛、云之厚，似乎让人觉得大风是在奋力将浓云生生地撕开来。唯此，其后才得用“迸”字。即是说阳光在重重乌云的压抑下，积蓄起了巨大的能量，当云间突然裂开一道缝隙时，那缕阳光终于得以释放了出来，因此给我们传递出一种奔涌、宣泄的快意之感。而更绝妙的是作者有意把这缕阳光引到了宴席间的酒杯上——“照我离樽”。于是上述所有这一切都不再是纯粹的自然景观，而是我此时此地的情绪的折射，是我内心那种临别时的压抑感与酒后的快意释放的糅合与变形。即如王国维《人间词话》所说：“有我之境，以我观物，故物皆着我之色彩。”

在我们的诗歌传统中，这种把自然之景与人事相关联的写法很早就有了，而且也是多用于作品的开头部分。如汉乐府《陌上桑》开篇即是：“日出东南隅，照我秦氏楼。”曹植《七哀诗》开头说：“明月照高楼，流光正徘徊。上有愁思妇，悲叹有余哀。”无论是阳光还是月光，似乎都是刻意要照在美女所在的那座楼上。同理，当人们要表现几种不同的心境时，也会把相同的月光同时洒到几个不同的地方，如南宋民歌“月子弯弯照九州，几家欢乐几家愁”。所谓“物我合一”，此之谓也。至于柳永《八声甘州》所谓“对潇潇暮雨洒江天，一番洗清秋。渐霜风凄紧，关河冷落，残照当楼”，更是一直为人所称道。张可久此作却将那片照在楼上的阳光浓缩成一线，并且将之聚焦到一个更小的地方——送别时酒宴的酒杯上。比起“残照当楼”，这显然更加集中，更能表现出作者此刻将要离别时的特殊心境。

其实张可久的那个酒杯也是在一个楼上，即所谓“倚徙西楼”。倚徙：徘徊，表明自己不想离去的心情。北宋词人晏几道【少年游】词云：“西楼别后，风高露冷，无奈月分明。”晏几道号小山，张可久亦号小山，则他对晏几道的词应该比较熟悉，所以用“西楼”指代分别场所。“留连北海”一句用三国时孔融之典。按，孔融曾为北海郡（治山东青州）相，世称孔北海。据《后汉书·孔融传》载，孔融“性宽容少忌，好士，喜诱益后进……宾客日盈其门，常叹曰：座上客恒满，尊中酒不空，吾无忧矣”。作者以此赞美贯云石好客。同时又说自己临行前流连不忍，直到夕阳西下，夜幕降临——“断送东君”。东君：本指日神，此处代指夕阳。这三句为元曲中常见的“鼎足对”，每句都用一方位词，却能贴切自然，无一丝生硬造作之痕。

“传酒令金杯玉笋，傲诗坛羽扇纶巾”二句集中描写宴席上的诗酒风流。玉笋：形容美女的手指。羽扇纶巾：比喻贯云石的英姿勃发一如三国时的周瑜、诸葛亮等人。最后四句集中描写席间所唱的歌曲如何感人，以至于连江中水神、月下梅魂都被歌声所打动。白雪阳春：本为古楚地歌曲名，宋玉《对楚王问》：“客有歌于郢中者，其始曰《下里》《巴人》，国中属而和者数千人……其为《阳春》《白雪》，国中属而和者不过数十人。”这里以此赞美贯云石超越凡俗、曲高和寡的文雅情趣。

张可久是元代散曲“清丽派”的代表，刘熙载《艺概·曲概》推之为“曲家翘楚”。其散曲主要的艺术特点是讲究音韵格律，对仗工整，长于炼字，常以词家手法入曲，使曲风别有典雅一格。这首作品便很好地印证了上述观点。曲中写离情别绪，却没有直抒胸臆，没有出现“离愁”“惜别”等字眼，甚至也没有“泪眼”“执手”等赠别诗常用的词汇。作者只是侧重于写自己对酒宴的留恋不舍，写主人的高雅好客，写席间歌声的优美动人。作者环绕“离樽”，描写的时间过程从白天一直持续到夕阳西下、夜幕降临，我们也就能从中感受到，在对时间流逝而表露出的惋惜之中包含有浓重的惜别之意，在对主人的热烈赞美之中也必然带有依依不舍的深情厚谊。

【双调·庆东原】《和马致远先辈韵》（二首）

诗情放，剑气豪，英雄不把穷通较。江中斩蛟，云间射雕，席上挥毫。他得志笑闲人，他失脚闲人笑。

难开眼，懒折腰，白云不应蒲轮召。解组汉朝，寻诗灞桥，策杖临皋。他得志笑闲人，他失脚闲人笑。

【双调·庆东原】《和马致远先辈韵》原作共九首，每首均以“他得志笑闲人，他失脚闲人笑”结尾，抒写人生穷通无定，应彻底看透世态炎凉的人生感慨。题目中称马致远为先辈，可见不是两人之间直接的酬答唱和，当是依此前马致远同曲牌作品而来的次韵之作（按，马致远原作今已不存）。此处所选二首为其中的第五、六两首。

前一首侧重于写英雄豪杰应有的阔达心胸和非凡气度。所谓“诗情”“剑气”都是其精神世界的外化，具体说就是文能“席上挥毫”、即席赋诗，武能“江中斩蛟，云间射雕”。斩蛟：指晋代义兴人周处入水斩蛟龙，为民除害的故事，出自《世说新语·自新》篇。射雕：用北齐斛律光射落云中大雕之事，见《北齐书·斛律光列传》。斛律光善骑射，于晋阳打猎时，见一大鸟飞翔云际，引弓射之，正中其颈，落地后方知是只猛雕，时人号为“落雕都督”。这样一位能文能武的豪士当然不会斤斤计较个人一时的穷通得失。其实但凡是心怀阔大、境界高远之人，必能看破人间万千世相，说到底也不过就最后两句罢了：“他得志笑闲人，他失脚闲人笑。”失脚：跌倒、摔跟头，为人生遇到坎坷。可怜世上俗人，得志时肆无忌惮地嘲笑别人无能，而失意时又为天下人所耻笑。

后一首着力刻画一位特立独行的隐士形象。难开眼：实际上是说世间的俗人俗事没有能让他瞧得上眼的。典出《晋书·阮籍传》：“籍又能为青白眼。见礼俗之士，以白眼对之。”折腰：喻卑躬屈节，用陶渊明不为五斗米折腰故事。说“白云不应蒲轮召”，意为高卧于深山白云之间，不接受朝廷的征召。蒲轮：以蒲草裹车轮，可免颠簸之苦。在汉代是一种高规格的礼遇。《汉书·枚乘传》：“武帝自为太子闻乘名，及即位，乘年老，乃以安车蒲轮征乘，道死。”解组：即辞官。组，组绶的简称，一种丝质有刺绣的缎带，古代用以系官印或挂佩玉以示官阶、品级。此句用《汉书·疏广传》事：疏广为汉宣帝时名臣，与其侄疏受并为太子之师，后疏广劝疏受说：知足不受辱，做人应审时度势，急流勇退。我们现今已名成功就，不乘此时辞朝还家，以后会遗祸无穷。于是叔侄二人同时上表，以年老多病为由辞官。南朝梁周兴嗣《千字文》：“两疏见机，解组谁逼。”寻诗灞桥：用唐代郑綮事所谓“诗思在灞桥风雪中驴子上”一事。策杖临皋：化用陶潜《归去来兮辞》“策扶老以流憩……登东皋以舒啸”句子。这两句表明辞官后可以过上闲适优雅的生活。这种富于情趣的生活在这组同曲牌作品的最后一首中有比较集中的表现：

山容瘦，木叶凋，对西窗尽是诗材料。苍烟树杪，残雪柳条，红日花梢。他得志笑闲人，他失脚闲人笑。

在作者笔下，只有这种登高舒啸、对景写诗的生活才是人生的最高阶段，这其实就是富于创造性的、经过了升华后而进入了美的境界的艺术人生，这同时也是真正有意义的、具有永恒价值的人生。相比起来，官场上的得意与失意，只是人生遭遇中的瞬间转换而已。换句话说，笑人者终会被人所笑，被笑者时来运转同样也会笑他人。

这两支曲子感情豪迈旷达，笔力雄健奔放。语言上力求摆脱散曲原有的白描特色而接近于词的雅正。元散曲前期创作崇尚自然真率，后期则追求清丽雅正。张可久的创作实践在曲风转变中起了重要作用，故被明朱权《太和正音谱》誉之为“词林之宗匠”。

【双调·水仙子】《怀古》

秋风远塞皂雕旗，明月高台金凤杯。红妆肯为苍生计，女妖娆能有几？两蛾眉千古光辉：汉和番昭君去，越吞吴西子归——战马空肥！

本曲吟咏历史上的两位非凡女性——西施和王昭君。首句“秋风远塞皂雕旗”是描写昭君出塞远嫁匈奴时的典型场景。皂雕旗：绘有黑雕图案的旗子，指匈奴人的旗帜。据《后汉书·南匈奴传》记载，王昭君名嫱，汉元帝时以“良家子”身份入选掖庭。时匈奴呼韩邪王来朝，汉元帝以五女赐之。昭君乃请求同行，临辞，元帝召见，昭君“丰容靓饰，光明汉宫，顾影徘徊，竦动左右”。元帝大惊，意欲留之，而难失信于匈奴，遂行出塞。第二句则是讲西施故事。西施，亦称“西子”，姓施，本春秋时越国苎罗（今浙江诸暨）人。《吴越春秋》载，越王勾践与吴王夫差争霸，败于会稽，遂以美女西施献夫差，致其迷于女色而忘政事，越终得亡吴。传说夫差宠爱西施，常与她在姑苏台上彻夜饮酒享乐，“明月

高台金凤杯”即指此。张可久曾写过一首【越调·寨儿令】《题昭君出塞图》:

辞凤阁，盼滦河，别离此情将奈何！羽盖峨峨，虎皮驮驮，雁远暮云阔。建旌旗五百沙陀，送琵琶三两宫娥。翠车前白橐驼，雕笼内锦鹦哥。他，强似马嵬坡。

大致是说昭君的命运其实比被赐死的杨贵妃要好得多，颇接近于王安石《明妃曲》所咏“汉恩自浅胡恩深，人生乐在相知心”的意思。但本作品却不是这个路数。表面上看张可久主要是来赞美这两位杰出女性的，比如称她们是少有的能为百姓苍生献身的千古女杰。但是这些赞美只是为最后一句“战马空肥”做铺垫而已。所有前面的一切，都在这句出现后而发生了根本性的改变。尤其是“空肥”二字触目惊心，用民脂民膏喂肥了的这些战马，其实就是统治者所供养的庞大的军队的象征，但在保卫国家的关键时刻，能依靠的却竟然只有美色女人而已。这与当年陆游《关山月》曾有感于“厩马肥死弓断弦”有异曲同工之妙，都是把矛头直接指向了最高统治阶层，即丧邦亡国的昏君和奸臣。出现在这首小令中的这两个美女的名字成为一种讽刺力量，反衬出无能、腐败、懦弱的黑暗政治。至此我们才明白作者的主旨是在做翻案文章，它重新阐释了有关历史上的两个美女的勇于牺牲的行为，并赋予其中完全不同于一般的深刻含义。

【正宫·醉太平】

人皆嫌命窘，谁不见钱亲？水晶环入面糊盆，才沾粘便滚。文章糊了盛钱囤，门庭改作迷魂阵，清廉贬入睡馄饨——葫芦提倒稳。

这首小令尖刻痛快地揭露了元代社会是非颠倒、道德沦丧的丑恶现实，同时对贤愚不分的世相、一味追逐金钱的世风也作了淋漓尽致的鞭挞和讽刺。

作者开门见山，用直白的俗语尖锐犀利地指斥说，如今这个社会每个人都在抱怨自己命运不好，大家都是见钱眼开。因此也就没有了是非曲直，就像放到了盛面糊的盆里一样。水晶环：比喻本来洁白正直的人。但无论多么晶莹剔透的水晶环，当它被投到面糊盆中时，也会马上变得一塌糊涂，作者以此比喻那些人无是无非、世故圆滑的人。

关于“文章糊了盛钱囤”一句，可以从两方面来理解。其一，抨击整个元代社会不重视文人、不讲文化而只重金钱的恶劣风气。盛钱囤：类似储钱罐一样的东西，过去多用纸浆糊成。作者在这里运用的表现其手法与辛弃疾【鹧鸪天】词所谓“却将万字平戎策，换得东家种树书”一样，是说当时的人们竟然把锦绣文章捣成纸浆用来糊作放钱的器皿。其二，我们还可以作更深一层理解，即受以上社会风气的影响，连文人也变得无德无行，把知识和才能当成了赚钱牟利、蝇营狗苟的手段。无独有偶，晚清时龚自珍在《咏史》诗中也曾愤怒于文人“避席畏闻文字狱，著书都为稻粱谋”的丑陋行径。如果连素来以清高引以为荣的文人都被逼得卑躬屈膝、毫无节操，则社会黑暗到了何种程度就不言而喻了。

作品随后还点出了另外两种极为恶劣的现象：“门庭改作迷魂阵，清廉贬入睡馄饨”。前者是说世家大族也每每干出些男盗女娼的丑事。迷魂阵：暗喻妓院。关汉卿《金线池》第一折：“休想道泼烟花再打入迷魂阵。”这是指斥世风日下、人欲横行，已经到了毫无廉耻可言的地步；后者是说清正廉洁、坚持原则的人却贬斥为不明事理。睡馄饨：即俗语所谓睡迷糊，比喻不谙世情的糊涂人。这是将矛头直接指向官场用人不正。所谓“上梁不正下梁歪”，官场腐败正是所有社会丑恶现象滋生的根源所在。

基于上述丑恶现象，作家得出一个惊人的结论：在这个酱缸面盆一样的社会里，“葫芦提倒稳”。葫芦提：元曲习惯用语，指糊里糊涂地。遇事不分是非好歹，睁一只眼闭一只眼，这样的人才能在官场立于不败之地。这让人联想起苏轼当年写过一首《洗儿》诗：

人皆养子望聪明，我被聪明误一生。惟愿孩儿愚且鲁，无灾无难到公卿。

张可久此作延续着苏轼这种嬉笑怒骂皆成文章的传统，只用短短八句四十余字，就把当时肮脏不堪的社会现实以及人们不择手段追求金钱的贪婪本性刻画得淋漓尽致。作品最突出的特点在于全曲都是用俗语写成，一改作者平日蕴藉含蓄的语言风格，语调冷峻尖刻，口吻辛辣，所谓“直取心肝刽子手”，锋芒毕露，丝毫不留情面，充分表现出了作者内心对当时社会风气的极度痛恨与愤懑，作品充满了讽刺意味，不仅犀利，并且相当深刻而有力度。

徐再思（生卒年不详），字德可，号甜斋。嘉兴（今属浙江）人。为人聪敏，有才名，曾任嘉兴路吏。离家漂泊十多年，但一生足迹几乎不出东南一带。天一阁本《录鬼簿》载其曾“交游高上文章士，习经书，看鉴史”等，说明他在仕途上虽仅止于地位不高的吏职，但却是一位很有才名的文人。今存散曲小令百余首，主要题材集中在写景、相思、归隐、咏史等方面，风格清丽工巧，与号酸斋的贯云石齐名。后世将二人散曲合为一编，名《酸甜乐府》。

【双调·折桂令】《春情》

平生不会相思，才会相思，便害相思。身似浮云，心如飞絮，气若游丝。空一缕余香在此，盼千金游子何之。证候来时，正是何时？灯半昏时，月半明时！

此曲借一个少女的口吻，写出了热恋者内心的苦楚。开头说自己本来是不会相思的，但刚刚学会相思，便害上了相思病。这其实是告诉我们，她所思念的这个人多么优秀，此前还没有人能如此使她动心、如此放不下。随后作者使用散曲中常见的鼎足对的方式，以春景渲染自己的相思之情：坐卧不宁，身子若浮云一般徘徊不定；魂不守舍，心思若飞絮那样飘荡起伏；萎靡不振，喘息之气若游丝之虚弱易断。

“空一缕余香在此”一句暗用韩寿窃香的典故，但很容易为读者和各种注本所忽略。按，《世说新语·惑弱》载：晋韩寿姿容俊美，为贾充幕僚。贾充女儿爱上了韩寿，与之私会，并将皇帝赐给贾充的奇香偷偷送给韩寿。此香为西域所贡，一经沾人，香气历月不消。闻香识人，贾充遂知二人私情。为免事泄，遂将女儿嫁给了韩寿。后句“千金游子”即指像韩寿那样的倜傥潇洒子弟。这两句说自己有心以身相许，盼望终能结成良缘，只是不知那个人现在何处，何时才能来到身边——这才导致了她害相思之病。

不能相见才导致相思，所以最后四句是一个人在自问自答：“证候来时，正是何时？灯半昏时，月半明时。”证候：同今之“症候”，就是指相思病的症状。这是一个设问句，相思病得的时候是什么时候？答案是，在灯光昏昏沉沉的时候，月色朦朦胧胧的时候。其实就是夜深人静、孤独寂寞的时候。究竟是相思害得人不能入眠，还是因失眠而愈加相思，连她自己也搞不清楚，其实我们也没必要一定搞清楚这一点。

徐再思善写闺情相思。如其【双调·清江引】《相思》云：

相思有如少债的，每日相催逼。常挑着一担愁，准不了三分利。这本钱见他时才算得。

和上面这首《相思》不同，本词的最大特色是重复运用大量的叠词，如劈头三句每句后二字均用“相思”一词；最后四句每句均以“时”字押韵，其间又用鼎足对句式，造成全篇连绵回环的结构，保持了元曲来自民间的生动通俗风格，把不可名状的相思情态描绘得逼真肖妙、栩栩如生。其所抒写的刻骨铭心之思缠绵悱恻、声情俱备，令人印象深刻。

【中吕·阳春曲】《闺怨》

妾身悔作商人妇，妾命当逢薄幸夫。别时只说到东吴，三载余，却得广州书。

徐再思的这首小令由唐代刘采春《啰唝曲》点化改编而成。刘采春是中晚唐之际有名的女艺人，擅长当时流行的参军戏，能歌，颇受当时诗人元稹的赏识。元稹有《赠刘采春》诗云："言辞雅措风流足，举止低回秀媚多。更有恼人肠断处，选诗能唱望夫歌。"这里所谓"望夫歌"即《啰唝曲》，共六首，皆为五言绝句。其中第四首写道：

那年离别日，只道住桐庐。桐庐人不见，今得广州书。

其实《啰唝曲》第三首开头一句"莫作商人妇"，也被徐再思拿了过来，变作"妾身悔作商人妇，妾命当逢薄幸夫"。薄幸夫：负心薄情的丈夫。白居易《琵琶行》所言"商人重利轻离别"，故而抛家别妻。当初分别时只说去东吴，不料一别三年后，却收到从广州寄来的家书。这里反映的少妇的心理活动非常微妙：首先，从东吴到了广州，显然越行越远，则相会更难。这是对几时才能回来产生了疑虑，此是一怨。其次，都三

年多了还待在广州那边，也许只顾自己行乐了，恐怕早把家中人忘得一干二净了。这是对丈夫感情的忠诚度产生了怀疑，此是二怨。最后，说去东吴，却到了广州，也可以被理解为自己当初就受了欺骗，所以对是否真能回来产生了疑虑，这是三怨。

按说那时经商的人肯定也是身不由己、行踪不定，“当初只说到东吴”的本意或者也可能是善意的，不想让她过于担心。但此时因长期分离，加上归期难定，这都给少妇内心带来了无依靠感和没有归属的感觉。换句话说是对感情的难以把握让她坐卧不安，心绪不定，胸中的积怨越来越多，使得少妇说出了开头那两句话来：“妾身悔作商人妇，妾命当逢薄幸夫。”

关于这首小曲的语言风格，我们可以把唐代张潮的《江南行》拿来对比：

茨菰叶烂别西湾，莲子花开犹未还。妾梦不离江上水，人传郎在凤凰山。

此诗所写，与徐再思的小曲有很多相似之处，都是写夫君行踪之远出人意料，其风格也都是非常接近民谣，张潮的《江南行》比较单纯，而徐再思的作品虽语言更为直白，更口语化，但其所写的内心感情却更丰富而细腻。能于天真烂漫之中，寄托幽深微妙之意，实属难得。

【双调·沉醉东风】《春情》

一自多才间阔，几时盼得成合。今日个猛见他门前过，待唤着怕人瞧科。我这里高唱当时《水调歌》，要识得声音是我。

这首散曲抓住富有戏剧性的一个瞬间场景，通过小女子假借唱歌的行为，生动地把她机敏聪明又大胆活泼的性格呈现出来，写得神态毕现，饶有情趣。

才子佳人是元杂剧中最常见的题材，而徐再思的这首短短四十字的小令却有一出典型的才子佳人戏的神韵。第一句告诉我们，这个小姑娘和自己所钟情的那个人分别开了。间阔：即离别。这就让我们想起《西厢记》里的张生因进京赶考而与崔莺莺分别的那段情节。而以“多才”称呼对方，既表现出女子的一片痴情爱意，也正符合才子佳人戏的角色设置模式。我们知道崔莺莺在长亭送别张生后，那日子是如何度过的。在这首小令中，种种相思，日日煎熬，只用“几时盼得成合”一句带过。成合：指两人再次见面。更进一层，当然有得偕连理的意思。

她一直盼望着的重逢那天终于不期而至。“今日个猛见他门前过”，一个“猛”字，活脱脱表现出那突如其来的一霎间的惊喜和激动，令人精神为之一振。但姑娘和所有读者都期待的那种热烈相逢场面并没有出现，门前经过的才子仍然按既定的节奏往前走，他根本没有看到这个痴情的姑娘。“待唤着怕人瞧科”，急切之间要喊住他，姑娘却又有所顾忌。瞧科：意近看破。科，元杂剧术语，表示舞台上演员动作、情态以及后场所营造的特定效果。这里所谓“怕人瞧科”，用今天的话说类似怕别人看笑话，怕被他人看出自己的心事。随后二句最为传神。眼见那才子一晃就要过去了，不能不有所顾忌但又不甘心眼睁睁错过这个机会的姑娘灵机一动，高声唱起了《水调歌头》，“要识得声音是我”。这种自信源于“当时”二人曾有过的共同经历——通过唱歌这一特定举动，读者会想象出当初二人之间的过往。当时姑娘的歌声肯定曾深深地打动过那个才子，他一定曾倾心于这美妙的歌声和美丽的歌者，因此这熟悉的歌声必定能唤起保留在他心底的美好的记忆，小令到此戛然而止。

徐再思抓住高声唱歌这样一特定的片刻场景，把姑娘刹那间的微妙心理和丰富的精神活动凝定成诗。至于听到歌声后才子的反应、二人的相见以及最终的结局，其实都不用再费笔墨。作者把后面所发生的一切都交给了读者，留下了任读者自由想象的空间。就像一幅艺术摄影，虽然只有一个画面，没有完整的过程，但刹那传神，给人以强烈的美感享受。

【双调·水仙子】《夜雨》

一声梧叶一声秋，一点芭蕉一点愁，三更归梦三更后。落灯花棋未收，叹新丰孤馆人留。枕上十年事，江南二老忧，都到心头。

从题目上看似是写夜雨，实则抒发羁旅之愁苦。开头三句描写在凄凉寂寞的旅舍里，自己形单影只、卧听夜雨而思乡的情景。窗外风吹梧桐、雨打芭蕉，触动了客子不尽的乡关之思。《千字文》云："琵琶晚翠，梧桐早凋。"梧桐叶的最先飘零历来是秋天降临的标志，而雨打梧桐又是古典诗词中凄凉悲伤境界的象征。温庭筠【更漏子】词："玉炉香，红蜡泪，偏照画堂秋思。眉翠薄，鬓云残，夜长衾枕寒。梧桐树，三更雨，不道离情正苦。一叶叶，一声声，空阶滴到明。"写雨打梧桐，声声入耳，思妇秋夜寂寥，整夜难眠。再如大家熟知的李清照【声声慢】："梧桐更兼细雨，到黄昏、点点滴滴。"写梧桐落叶、黄昏细雨，触目凄凉，转添愁思。同理，徐再思这里也是以绵绵不断的梧桐夜雨渲染乡思所带来的无穷哀愁。而"三更归梦三更后"似乎点明了诗人的归乡之梦是被风雨声惊破的，再难入睡，此时此刻听着这一切就越发使人感到孤独寂寞。

诗人环顾四周，首先看到一盏微弱的残灯，“落灯花棋未收”，灯下是凌乱未收的棋局。宋赵师秀《约客》诗云：“有约不来过夜半，闲敲棋子落灯花”。残棋未收，灯花落尽，这一句意味着作者入睡前就是独对孤灯、百无聊赖的精神状态。而这种精神状态显然和作者近来的穷困潦倒相关，所以诗人不禁想起了唐代马周当年的遭遇，“叹新丰孤馆人留”。《新唐书·马周传》载，马周早年求仕不顺，滞居长安新丰小城旅舍内，主人以其无钱，置之不顾，马周遂常独自饮酒消愁。褚人获《坚瓠集·丁集》称徐再思“旅居江湖，十年不归”，他的【越调·天净沙】《别高宰》也自称“十年不到湖山，齐楚秦燕，皓首苍颜”，足见他曾在外滞留长达十年之久，其失志寡欢，可想而知。

最后三句回想这十年漂泊的心酸经历，勾起作者一腔愁思。所谓“枕上十年事，江南二老忧”，运用了传统诗词中的常见表现手法，即不是直接写自己如何思念二老，而设想双亲如何为自己担心，使诗情更加婉转曲回。全曲至“都到心头”四字，戛然而止，含无限悲凉之意，有欲说还休之势，耐人回味。

关于听雨，南宋蒋捷曾写过一首著名的《虞美人》词：

少年听雨歌楼上，红烛昏罗帐。壮年听雨客舟中，江阔云低断雁叫西风。而今听雨僧庐下，鬓已星星也。悲欢离合总无情，一任阶前点滴到天明。

徐再思此时情状，当处于蒋捷所说的壮年与老年之间。虽已全无少

年时的浪漫，却也尚未像老僧入定那般看破红尘。也正因如此，其所抒发之人生失意的惆怅、他乡羁旅的苦闷都是源自内心深处，都是真情实感的自然流露，全无为文造情式的扭捏作态，故而能打动读者，引发共鸣。

这首作品语言朴实无华，自然流畅。尤其是前三句，叠用数量词，如闻雨声滴答，读来既抑扬顿挫，又把整个气氛渲染得十分浓厚。将反复出现的数词连缀起来串成诗句，这种写法应源于民歌，文人拿来却又营造出别具一格的节奏感。如唐代王建就曾有一首《古谣》："一东一西垄头水，一聚一散天边路。一去一来道上客，一颠一倒池中树。"李煜《渔歌子》："一棹春风一叶舟，一纶茧缕一轻钩。花满渚，酒满瓯，万顷波中得自由。"而徐再思本作在此基础上略加变化，所谓"举一反三"，自有创新。朱权《太和正音谱》称其词"如桂林秋月"，是公允之评。

张鸣善（生卒年不详），名择，自号顽老子，元末平阳（今山西临汾市）人。其先人于北宋末年南渡，鸣善流寓江浙一带，居扬州时间尤长，曾官淮东道宣慰司（治扬州）令史、擢江浙提学，后谢病辞官。散曲今存小令十三首，套数二套，常以诙谐语作刺世讥时之词。

【双调·水仙子】《讥时》

铺眉苫眼早三公，裸袖揎拳享万钟，胡言乱语成时用，大纲来都是烘。说英雄谁是英雄？五眼鸡岐山鸣凤，两头蛇南阳卧龙，三脚猫渭水飞熊。

如题目所示，本首小令即毫不掩饰地讥讽时政，尤其是揭露了是非不分、黑白颠倒的丑恶现实。开头三句直接将矛头指向上层统治者。铺眉苫眼：形容挤眉弄眼、轻佻不恭的样子，为当时俗语。这种没半点庄重感的人却竟然成了掌握军政大权的高官。三公：周代指太师、太保、太傅，汉代为司马、司徒、司空，皆为朝廷中辅佐天子的最尊显的三个官职的合称。两晋至唐宋亦有三公，虽所指各异、名称不同，然皆属高官显位。裸袖揎拳：捋袖挥拳，一副凶狠好斗的样子。横蛮不讲理的人却享受着最丰厚的俸禄。万钟：古人以六斛四斗为一钟，万钟极言俸禄之尊显优厚。甚至就连那些胡说八道的人竟然也都吃得开。总而言之，

都是骗人的把戏。大纲来：元人口语，大抵、总之。烘：同“哄”，乱来，这里也有欺骗的意思。

在这种美丑混淆、方正不容的社会风气中，作者提出一个尖锐的问题：“说英雄谁是英雄？”假作真时真亦假，如果世风贤愚莫辨、人妖不分，那么现今那些所谓的英雄，恐怕也是值得怀疑的了。

此作最有趣的地方是最后三个比喻。五眼鸡：本作“忤眼鸡”、“乌眼鸡”，指瞪眼好斗的公鸡。岐山：又称“凤凰山”，在今陕西岐山县东北，为周人的发源地。传说周将兴，有凤凰鸣于岐山。“五眼鸡岐山鸣凤”这句话的意思是，一只乌眼鸡被当成了显示吉兆的凤凰。同理，下句所谓“两头蛇南阳卧龙”，其的含义是宵小之辈也敢冒充诸葛亮那样的顶级人才。三脚猫：缺脚跛腿的猫，与上句两头蛇皆用以比喻不正常的怪异东西。渭水飞熊：本指辅佐周文王的姜太公吕尚。据《史记·齐太公世家》记：周文王将出猎前曾占卜，得卜辞曰：“所获非龙非螭、非虎非罴，所获霸王之辅。”随后即在渭水之滨遇见了姜太公。在后来的传说中“非熊”进而讹为“飞熊”。这一句是说现在连缺了一条腿的瘸猫也会被当作渭水飞熊。

结末三句结合民间传说与俗语，构成工整的鼎足对，成为散曲中的警句。其绝妙之处在于以夸张的漫画手法，把现实中的种种丑态与传说中美好神圣的“岐山鸣凤”“南阳卧龙”和“渭水飞熊”无缝对接在了一起，鲜明的对比形成谐谑荒诞的效果，在令读者感到匪夷所思、滑稽可笑的同时，也足以引起人们进一步的深入思考。

在语言风格上，作品充分表现出题目中的那个“讥”字，为此作者不惜把自己彻底变成一个普通百姓，甚俚俗口语，直接把内心中的厌恶毫不掩饰地说了出来，如“大纲来都是烘！说英雄谁是英雄？”轻蔑的口吻，反诘的语气，既尖刻犀利，又淋漓痛快。我们不妨比较一下查德卿【双调·蟾宫曲】《怀古》：

问从来谁是英雄？一个农夫，一个渔翁。晦迹南阳，栖身东海，一举成功。八阵图名成卧龙，六韬书功在飞熊。霸业成空，遗恨无穷。蜀道寒云，渭水秋风。

“问从来谁是英雄”和“说英雄谁是英雄”区别不大，但查德卿是发自内心由衷的赞赏，因此自然而然地采用了比较严肃认真的口气，丝毫没有张善鸣的那种轻蔑和激愤。也就是说不同的态度决定了作者选择使用不同风格的语言。这支曲子中表现出的英雄观曾引起了当时著名画家倪瓒的共鸣，倪瓒写过一首【双调·折桂令】《拟张鸣善》，结尾说得更干脆：“侯门深何须刺谒？白云自可怡悦。到如今世事难说，天地间不见一个英雄，不见一个豪杰！”

周德清（1277—1365 年），字日湛，号挺斋，高安（今属江西）人，北宋著名词人周邦彦的后裔。工乐府，精通律，为我国古代卓越的音韵学家。代表作《中原音韵》以当时北方实际语音为标准，促进了戏曲用韵的统一，在中国音韵学与戏曲史上具有非凡影响。他终身不仕，卒年八十九。今存小令三十余首，套曲三套。

【双调·折桂令】《自嗟》

倚蓬窗无语嗟呀，七件儿全无，做甚么人家？柴似灵芝，油如甘露，米若丹砂。酱瓮儿恰才罄撒，盐瓶儿又告消乏。茶也无多，醋也无多。七件事儿尚且艰难，怎生教我攀柳折花！

自唐宋以来书生便有“穷措大”之名号，其意当类今之“穷酸”。现在看来，唐宋时代应该还是文人的黄金时代。到了科举几乎废止的元代，读书人的境遇更加窘困。谢枋得《叠山集》：“大元制典，人有十等，一官、二吏……八娼，九儒，十丐。”此说虽有夸张之处，但也某种程度上反映了当时读书人地位低下到了何种可悲程度。周德清此曲题为《自嗟》，其实是以自嘲的口吻说尽了当时读书人的清贫。

开头一句用简笔勾勒，刻画出了一个穷困潦倒的读书人形象。蓬窗：

言贫陋之室。这个穷书生十分无奈地倚靠着破窗户，默默无言，还不停地长吁短叹。元好问《湖海新闻·夷坚续志》记宋人俗语云：“早晨起来七般事，油盐酱豉姜椒茶。”而到了元代，七件事基本固定为“柴米油盐酱醋茶”。如杨景贤的《刘行首》、李寿卿的《度柳翠》、武汉臣的《玉壶春》等杂剧中的当家人都念过四句七言出场诗：

教你当家不当家，及至当家乱如麻。早晨起来七件事，柴米油盐酱醋茶。

字里行间表现出当时人们把这“七件事”当成了日常生活必得考虑的主要内容。七件事中若偶有一两件不全，则生存立现窘困之境，难以为继。倘若七件事全都没有，穷困潦倒到了这般地步，“做甚么人家？”这一悲愤凄切的诘问其实不单纯是自责，而是向社会发难，其内在含义为“这是个什么世道啊”！

随后作者将七件事挨个说了一遍：柴、油、米少得如同稀罕宝贝，酱、盐已经完全没有了。罄撒：当时俗语，本意为散失，此处意为用光了。茶和醋也所剩无多。绝妙的却是作者在最后说：“七件事儿尚且艰难，怎生教我攀柳折花！”身无分文，整天价忍饥挨饿，都穷成这副模样了，结尾还想入非非地要去过那种风流才子们才能有的“折柳攀花”式的生活，真有一种“贫贱不能移”的骨气。能把曲子写得如此风趣幽默，的确不简单。《元曲别裁集》收入此曲，唯最后一句作“折桂攀花”，意为追求科举功名。古人雅称中进士为蟾宫攀桂，虽也讲得通，但过于一本正经，风味全失去，完全不了解元散曲最是真性情者。

此作全用口语写就，除了像“罄撒”这样当时流行的个别俗词，读来几乎没有多少语言障碍。周德清在《中原音韵》中曾说为曲“太文则迂，不文则俗，要文而不文，俗而不俗，要耸观，又耸听”，这首小令可以说正是“俗而不俗”。至于说到“文而不文”，则可以举当时吴弘道的小令【南吕·阅金经】《道情》：

道人为活计，七件儿为伴侣，茶药琴棋酒画书。世事虚，似草梢擎露珠。还山去，更烧残药炉。

把常人日常生活中的七件事偷换成了道人修道的七件事。看起来高雅了许多，但仍然充满了生活气息。明代唐寅有《除夕口占》绝句：“柴米油盐酱醋茶，般般都在别人家；岁暮清淡无一事，竹堂寺里看梅花。”放弃了日常生活中的七件俗事而去赏花，可谓援俗入雅了。而到了清代袁枚《随园诗话》里记有湖南张璨《戏题》诗云：“书画琴棋诗酒花，当年件件不离它。而今七事都更变，柴米油盐酱醋茶。”这便是由雅变俗了，又回到了真实的生活中来。

不论贫贱富贵，从早上一开门开始，生活就离不开这七件事。而能把这维持日常生活的七件事变成耐人品味的诗作，才真正显示出诗人出众的才华。

钟嗣成（生卒年不详），字继先，号丑斋，元末汴梁（今河南开封）人。自幼生活在杭州，与知名曲家施君美、曾瑞、睢景臣等多有来往，尤与周文质为挚友。钟嗣成一生仕途坎坷，或曾为江浙行省掾史，然累试有司，终不为朝廷所用。由此专力著述，所撰《录鬼簿》一书囊括金元曲家一百五十余人，著录杂剧名目四百五十多种，占现存可考元人杂剧剧目的百分之八十强，成为研究元曲的最重要的文献资料。所作杂剧《章台柳》《钱神论》《蟠桃会》等七种，均佚，现仅存小令五十九首，套数一篇。

【南吕·一枝花】《自序丑斋》（套曲）

生居天地间，禀受阴阳气。既为男子身，须入世俗机。所事堪宜，件件可咱家意。子为评跋上惹是非。折莫旧友新知，才见了着人笑起。

【梁州】子为外貌儿不中抬举，因此内才儿不得便宜。半生未得文章力，空自胸藏锦绣，口唾珠玑。争奈灰容土貌，缺齿重颏，更兼着细眼单眉，人中短髭鬓稀稀。那里取陈平般冠玉精神，何晏般风流面皮？那里取潘安般俊俏容仪？自知就里。清晨倦把青鸾对，恨煞爷娘不争气。有一日黄榜招收丑陋的，准拟夺魁。

【隔尾】有时节软乌纱抓扎起钻天髻，干皂靴出落着簌地衣。向晚乘闲后门立，猛可地笑起。似一个甚的？恰便似现世钟馗唬不杀鬼。

【牧羊关】冠不正相知罪，貌不扬怨恨谁？那里也尊瞻视貌重招威！枕上寻思，心头怒起。空长三十岁，暗想九千回。恰便似木上节难镑刨，胎中疾没药医。

【贺新郎】世间能走的不能飞，饶你千件千宜，百伶百俐。闲中解尽其中意，暗地里自恁解释。倦闲游出塞临池，临池鱼恐坠，出塞雁惊飞，入园林，俗鸟应回避。生前难入画，死后不留题。

【隔尾】写神的要得丹青意，子怕你巧笔难传造化机。不打草两般儿可同类。法刀鞘依着格式，妆鬼的添上嘴鼻，眼巧何须样子比。

【哭皇天】饶你有拿雾艺冲天计，诛龙局段打凤机。近来论世态，世态有高低。有钱的高贵，无钱的低微。那里问风流子弟？折末颜如灌口，貌赛神仙，洞宾出世，宋玉重生，设答了镘的，梦撒了寮丁，他采你也不见得。枉自论黄数黑，谈说是非。

【乌夜啼】一个斩蛟龙秀士为高第，升堂室今古谁及。一个射金钱武士为夫婿，韬略无敌，武艺深知。丑和好自有是和非，文和武便是傍州例。有鉴识，无嗔讳，自花白寸心不昧，若说谎上帝应知。

【收尾】常记得半窗夜雨灯初昧，一枕秋风梦未回。见一人，请相会，道咱家，必高贵。既通儒，又通吏；既通疏，更精细。一时间，失商议，既成形，悔不及。子教你，请俸给，子孙多，夫妇宜。货财充，仓廪实，禄福增，寿算齐。我特来，告你知，暂相别，恕情罪。叹息了几声，懊悔了一会。觉来时记得，记得他是谁？原来是不做美当年的捏胎鬼。

这套散曲是作者人到中年时所作的漫画式的自我写照，他用一种独特的自嘲口吻，在极力夸张自己貌丑的同时，隐约表现出自己不见容于时风世俗、特立独行的内在品质。

全套曲子由九支曲牌组成。尽管通篇幽默风趣，但开头却故意摆出严肃高深的模样："生居天地间，禀受阴阳气。既为男子身，须入世俗机。"就像今天说相声的，上来就板着面孔，一副正襟危坐的样子，一派正人君子的口气。开口说道：既然秉承天地之气，生就成一个顶天立地的男子汉大丈夫，则必得干点能得到社会肯定的事儿。但随后文辞开始发生变化："所事堪宜，件件可咱家意。子为评跋上惹是非，折莫旧友新知，才见了着人笑起。"子为：只为。子，元曲中同"只"。评跋：本指魏晋时期流行的对士人外貌和内在气质的综合性品评，这里借以指时人对自己外貌的评点。折莫：尽管，此处意为不管是。本来一切都好，可谓称心如意，却因长相问题，在"评跋"这一关上惹出了些麻烦，无论是认识的还是不认识的，一见我面相便会让人忍俊不禁。

下面几段便开始铺张自己相貌究竟如何丑陋不堪。当年屈原曾在《离骚》中自信满满地声称自己内外兼修："纷吾既有此内美兮，又重之以修能。"而钟嗣成此时却反其道而说自己："子为外貌儿不中抬举，因此内才儿不得便宜。"因为长相不受人见待，受其影响，连内在的才华也讨不到好处。半辈子也没因为文章写得好而受益。口唾珠玑：语本《晋书·夏侯湛传》："咳唾成珠玉，挥袂出风云。"谓出口成章。灰容土貌：典出《世说新语·容止》："刘伶身长六尺，貌甚丑悴，而悠悠忽忽，土木形骸。"

形容相貌不佳却又不刻意修饰。具体说就是:“缺齿重颏，更兼着细眼单眉，人中短髭鬓稀稀。”哪里有汉代陈平、三国何晏、西晋潘岳那般美貌?《史记·陈丞相世家》载，“平长大美色”;《世说新语·容止》记何晏“至面白，魏明帝疑其傅粉”。同篇又记“潘岳妙有姿容，好神情。少时挟弹出洛阳道，妇人遇者，莫不连手共萦之”。按，潘岳，字安仁。后人所谓“才过相如，貌比潘安”即指潘岳。接着作者自嘲道:“自知就里。清晨倦把青鸾对，恨煞爷娘不争气。有一日黄榜招收丑陋的，准拟夺魁。”青鸾：本指背面铸有鸾凤图案的青铜镜，这里泛指梳妆用的镜子。这一段说自己心里明白，早晨起来都不愿照镜子，只恨爹娘不争气。若是哪一天朝廷放榜招收丑人，自己准能夺个第一名!

【隔尾】写一个虚拟的情节来表现自己的丑陋样子。说自己若扎起高高的发髻，戴上乌纱帽，穿上拖地长袍，再蹬上一双黑靴子，傍晚乘着天黑站在门后，突然冷笑一声，就像传说中捉鬼的钟馗，能把鬼都吓煞。唬不杀鬼：同“不唬杀鬼”，即还不吓死个鬼的意思。

下面【牧羊关】一曲说如果帽子戴得不正，朋友们还能怪罪自己，但长相不济又能怨谁呢?现如今无论走到哪里都只重外表。瞻视：出《论

语·尧曰》“君子正其衣冠，尊其瞻视，俨然人望而畏之”。貌重招威：容貌很庄重，就能给人带来威望。《论语·学而》：“君子不重则不威。”自己白白活了三十多岁，几乎每天都在想这个问题。但恐怕就像木疙瘩没法削平，从娘胎里带来的毛病是治不好的。镑刨：刮削使之平顺。

随后【贺新郎】一曲大致的意思是说，这世上的事都是注定的，生来是用腿来走的，就永远别想飞起来，哪怕你有千般手段、百般伶俐。明白这一点，就只好以此为安慰了。“临池”三句：《庄子·齐物论》：“毛嫱、丽姬，人之所美也，鱼见之深入，鸟见之高飞，麋鹿见之决骤。”此处借以比喻自己丑到何种程度。反正无论活着还是死后，恐怕都不会有人给自己作画留题了。

【隔尾】紧接着上一支曲子所说的作画一事说下去。中国画讲究“写神”，苏轼《书鄢陵王主簿所画折枝》诗：“论画以形似，见与儿童邻。”不要太在乎外形是否相似。即便如此，作者自嘲道，只怕你的生花妙笔遇到我这副怪模样也难以施展。若真要画，打不打草稿其实都一样。一般人比着刀的样子来画刀鞘，要是画鬼就可以随便添上五官。《韩非子·外储说左上》记齐王曾问画家：“画孰最难？”画家回答：“犬马最难。”问“孰

最易？”答：“鬼魅最易。”犬马为人所熟知，故难。“鬼魅无形者，人皆未见之，故易也。”作者自嘲长相如鬼一样，说给自己画像根本就用不着比着样子画，碰巧了胡乱抹几笔就行。眼巧：同“演巧”，俗语，赶巧了。

【哭皇天】开始把焦点由自己身上引向当时整个社会的人情世态。即便是你有冲天的本领、屠龙的手艺，近来的世道到底还是“有钱的高贵，无钱的低微”。“诛龙”句：喻非常的才能。《庄子·列御寇》：“朱泙漫学屠龙于支离益，殚千金之家，三年技成，而无所用其技。”打凤机：捕捉凤凰的手段、机谋。作者认为现在没有人管你是不是潇洒的书生，尽管你面似二郎神一般漂亮、如吕洞宾降临下界、像是再生的宋玉一样，若是没有钱，没人理会你。灌口：地名，在四川都江堰，当地建有二郎神庙。镘的、寮丁：当时口语，均指钱。梦撒：丧失、用光了。

【乌夜啼】举出以往一文一武两个丑人为例，说明丑人自能建功立业。文指周处，据《世说新语·自新》记，周处早年“凶强侠气，为害乡里”，与山中虎、水中蛟龙并称“三害”。后周处射虎杀蛟，痛改前非，《晋书》本传载“遂励志好学，有文思……著《默语》三十篇及《风土记》，并撰集《吴书》”。传统戏剧中搬演这个故事时多将周处装扮成貌丑凶恶的样子。武指宋代宣赞。此人赤发黄须，面如锅底，原是名武官，因箭术高超，被招为郡马，人称“丑郡马”。后归附宋江义军，排梁山好汉第四十位。元代杨显之有《丑驸马射金钱》杂剧（今已佚），把“郡马”附会成了驸马，写的就是这个故事。所以作者说“丑和好自有是和非，文和武便是傍州例”。傍州例：元杂剧习语，榜样，样子。末了作者声称，凭心而言，老天在上，这些话没一句是谎言。

最后【收尾】写了自己在秋雨之夜时所做的一个梦。隐约记得梦中灯火昏暗，有一个人出现了，说我“既通儒，又通吏；既通疏，更精细”。只是因为当初一不留心，才弄成了现在这副形状，真是后悔莫及。为了弥补自己的过错，随后便许下了一大堆的好处，还说请你原谅，“叹息了几声，懊悔了一会”。等这一梦醒来后，似乎还能记得这个人是谁，原来就是当初不负责任作孽把我弄成这副丑模样的那个捏胎鬼。

自嘲是一种幽默，也是一种力量。只有富于自信的人才具有这种超越自我的心智和性情。钟嗣成在其《录鬼簿》自序中云：

人之生斯世也，但以已死者为鬼，而不知未死者亦鬼也。酒罂饭囊，或醉或梦，块然泥土者，则其人与已死之鬼何异？此固未暇论也。其或稍知义理，口发善言，而于学问之道，甘于暴弃，临终之后，漠然无闻，则不若块然之鬼为愈也。余尝见未死之鬼吊已死之鬼，未之思也，特一间耳。

这真是别具慧眼，有一种洞穿世事的人生智慧。钟嗣成的长相或许真的有些不太中看，但他却大张旗鼓地自号“丑斋”，并作了这么长的套曲。作者不仅不回避在时人看来这一致命的短处，反而极力夸张铺排，对此进行精心的加工，最终使之彻底跳出世俗生活，将现实中的困惑升华为对世事人情的超越，并以此为人们提供了可资娱乐的艺术品。

在元代，散曲应该是流行于当时的勾栏瓦肆当中，创作的自由度和随意性都比较大。文人在写作时不是一味地追古效前，而是有意接近世俗生活，甚至不避花月风流，特意营造诙谐、滑稽甚至刺激的效果，借此一洗胸中之郁结。我们从杜仁杰【般涉调 · 耍孩儿】《庄家不识构阑》到关汉卿【南吕 · 一枝花】《不伏老》，再到睢景臣【般涉调 · 哨遍】《高祖还乡》，直至这支《丑斋自序》，均可以看出，这类套曲所呈现出的面貌与小令不尽相同，其中较少传统诗词中常见的比兴手法，也不追求和谐优美的意境，更少含蓄委婉的语言风格，而是多铺叙夸张，不避口语俗话，重在展示个人情趣，风格亲切幽默。总起来看，这些作品都已脱离了过去骚人墨客书斋里的写作习气，更接近后来子弟书等说唱艺术的气质风貌，这或许也就是套曲在我国文学史上所具有的独特的艺术价值。

无名氏，此处特指元散曲中众多的佚名作者。从风格上考量，他们的作品既有来自民间的俚曲俗谣，也有下层艺人的感时应景之作，甚至也不排除其中有一些是出自不为人知的文人之手。这些作品无论在内容上还是在艺术上都不乏佳构，下面所选五首即是其中的代表。

【正宫·醉太平】《讥贪小利者》

夺泥燕口，削铁针头，刮金佛面细搜求，无中觅有。鹌鹑膆里寻豌豆，鹭鸶腿上劈精肉，蚊子腹内刳脂油——亏老先生下手！

本篇运用了极度夸张的手法和一系列的巧妙比喻，淋漓极致地嘲讽了世上那些贪婪成性的猥琐人物。我们日常生活中经常爱用“雁过拔毛”一词来形容一个异常小气、贪图小利的人。而本作品中说的这个人，爱占小便宜已经到了一种病态的程度：要去夺做窝的燕子口中那点泥土，连针尖上那点铁也不放过。就一般人而言，一根针掉到地上要寻摸半天才能找到。可是这个人硬是能从针尖上削下铁屑来带走。如果这还不过分的话，那么下面一句就更可怕了——“刮金佛面细搜求”。也就是说他不仅是唯利是图，而且还毫无顾忌。我国民间寺庙里的佛像大多是泥胎，只是在面部镀一层薄薄的金粉。佛因普度众生、救苦救难，故为百姓视为膜拜偶像。然而，他却全然不顾对神祇冒犯与亵渎，竟然敢用刀去刮佛面的金粉。可见这个人没有宗教信仰，没有理想信念，在这个人心目中，世界上没有什么神圣的东西，只有那点可怜的金钱，这是多么可悲的人生啊。钻进钱眼的人就只能看见钱！所以你不得不佩服他独到锐利的眼光——他总能在别人不会注意到的地方找到自己所需要的东西。《列子·说符》中曾记载了一个“齐人攫金”的故事：

昔齐人有欲金者，清旦衣冠而之市，适鬻金者之所，见人操金，因攫其金而去。吏捕而束缚之，问曰：“人皆在焉，子攫人之金，何故？”对曰：“取金之时不见人，徒见金耳。”

这个眼中没有人只有金子的齐国人和本曲所塑造的那个心里没有佛只有钱的人如出一辙，没有多少本质的区别。

作品的后半部分用三个句子继续挖苦贪鄙者的丑陋行径：对任何可能捞上一把的事物都不轻易放过。小鹌鹑鸟已吞到膆子里的豌豆他要掏出来，鹭鸶细而长的腿上他要劈下一丝瘦肉，就连蚊子身上他也要刮出点油脂。最后一句“亏老先生下手”，干净利索却又极富戏剧性。老先生本是尊称，此处却显示出极大的反讽意味，这种人如何配得上称尊者？而正是这种巨大的反差，让我们领教了贪婪的行为举止是怎样破坏人格尊严的。

至于说到诙谐幽默的风格和夸张的表现手法，则另有一首无名氏的【商调·梧叶儿】《嘲谎人》与此有异曲同工之妙：

村里鸡生凤，南庄上马变牛，六月里裹皮裘。瓦垄上宜栽树，阳沟里好驾舟。瓮来大肉馒头，俺家的茄子大如斗。

仔细体会琢磨，无论是说谎者还是贪鄙的小人，都是人性中猥琐、丑陋的一面，不仅存在于他人身上，也多少存在于我们每个人身上，只是程度有别而已。因此我们也要反思自身，要用理性去克服和纠正这些人性中的弱点。同样的道理，过去人们经常强调本曲中那位贪得无厌的“老先生”是元代大小贪官污吏、地主豪强的真实写照。其实话说回来，这种贪得无厌之徒又何止是元代才有的呢？任何一个人，当他为物欲所蒙蔽的时候，就会变成这种猥琐而毫无廉耻的样子。再放开一点说，当一个社会都在堂而皇之地逐利而放弃了尊严、信仰的时候，这世道又会变成个什么样子呢？这难道不是我们读过此作后应该思考的一个严肃而实际的问题吗？

【中吕·朝天子】《志感》

不读书最高，不识字最好，不晓事倒有人夸俏。老天不肯辨清浊，好和歹没条道。善的人欺，贫的人笑，读书人都累倒。立身则小学，修身则大学，智和能都不如鸭青钞。

这首曲子题为《志感》，志的本意是记，意思是记录自己的真实感受。这支小令显然是个读书人在发泄对当时社会政治的强烈不满，锋芒直指元代政治的腐败和社会道德的沦丧。一上来就开门见山地直接抨击“不读书最高，不识字最好，不晓事倒有人夸俏”的社会现象。中国社会隋唐以来确立了科举取士的文官选拔制度，尽管这一制度为后世所诟病，但不能否认在那个任人唯亲的封建时代，科举是给官场注入新生力量的唯一渠道。可以想象，当这条正道被堵死的时候，官场将会是怎样的污秽不堪。其直接结果就是“老天不肯辨清浊，好和歹没条道”。没条道：即没有界限、区别。清浊不分，好歹难辨，“善的人欺，贫的人笑”，成了一个本末倒置、极度混乱的时代。这也使知识分子失去了判断力，产

生了根本性的疑惑：从小到大所受的传统教育都是“立身则小学，修身则大学”。古人自幼开蒙入学，学习识字、读写和“洒扫、应对、进退”等基本的做人道理，此阶段称之为“小学”。及年稍长，学习修身齐家、安邦治国之道，此谓之“大学”。然而读书人自幼所树立起的宏大理想和美好愿望，在现实生活中却都无情地败下阵来。最后一句“智和能都不如鸭青钞”是那样的残酷，又是那样的真实。鸦青钞：元代流行的一种纸币，其色青黑，故名。

【中吕·朝天子】《志感》共两首，这里所选为第二首，其第一首如下：

不读书有权，不识字有钱，不晓事倒有人夸荐。老天只恁忒心偏，贤和愚无分辨。折挫英雄，消磨良善，越聪明越运蹇。志高如鲁连，德过如闵骞，依本分只落的人轻贱。

从这两首姊妹篇中可以看出，这个受到过良好教育的书生满怀理想和抱负，但在进入社会时才痛苦地发现，聪明智慧和贤能才干在现实生活中根本抵挡不住钞票的威力。他依本分讨生活，只能沦落于轻贱、卑微的境地，这真是一个莫大的讽刺。本篇作者的写作态度和当时读书人用流行的隐居遁世题材来反讽截然不同，他基于自己所信奉的传统教育思想，直接正面痛斥这种丑恶的社会现实，发泄出极度的愤世嫉俗之情。凡是有正义感的人，读这样的作品，内心深处不可能不引起深刻的共鸣和反思。

【中吕·十二月过尧民歌】《相思》

看看的相思病成，怕见的是八扇帏屏：一扇儿双渐小卿，一扇儿君瑞莺莺。一扇儿越娘背灯，一扇儿煮海张生。

一扇儿桃源仙子遇刘晨，一扇儿崔怀宝逢着薛琼琼。一扇儿谢天香改嫁柳耆卿，一扇儿刘盼盼昧杀八官人，哎，天公天公！教他对对成，偏俺合孤另？

要读懂这首相思曲，就要弄明白姑娘最怕看见的那八扇帏屏（同“围屏”）上究竟画了些什么内容。第一扇双渐小卿，最早见于南宋诸宫调《双渐赶苏卿》(今佚)，大致情节是北宋书生双渐与庐州妓女苏小卿相爱，鸨母逼迫双渐进京赴考，而将小卿卖给茶商冯魁。贩茶船经镇江，小卿题诗于金山寺，考取功名的双渐凭此线索赶到豫章城，终于和苏小卿团聚。第二扇君瑞莺莺是大家都熟悉的《西厢记》里的男女主人公，讲的是张君瑞与崔莺莺之间“有情人终成眷属”的故事。第三扇越娘背灯是个志怪故事，见载于《青琐高议·别集》卷三：越地女子于氏死于战乱，其魂魄在凤凰坡与投宿至此的西洛人杨舜俞相遇，遂托以安葬之事。舜俞遵嘱，乃迁葬于都西之高地。越娘感其情义，遂与之缱绻相恋，并以身相许。故事在描写越娘与舜俞初会时，有面壁背灯不语的情节，元人因有《凤凰坡越娘背灯》杂剧，今不传。第四扇煮海张生：潮州人张羽与东海龙女琼莲相爱，龙王阻挠不许，张羽以仙人所赠宝物银锅煮海，海水翻腾欲沸，龙王无奈，终于应允了两人的婚事。元人李好古有《沙门岛张生煮海》杂剧。第五扇仙子遇刘晨出自南朝宋刘义庆《幽明录》：东汉时剡人刘晨、阮肇入天台山采药，遇仙女邀至家中共同生活。数月后返乡，其子孙已过七世。元人有《刘晨阮肇误入桃源》杂剧演其事。第六扇出自宋陈元靓《岁时广记》，唐开元年间，宫中筝手薛琼琼踏青时遇书生崔怀宝，两人一见钟情，后结为良缘。元代郑光祖作有《崔怀宝月下闻筝》杂剧，今尚存佚曲十一支。第七扇里的谢天香本为北宋名妓，元代流行的民间传说中她与著名词人柳永（字耆卿）相恋，柳永耽于恋情，不思进取，开封府钱大尹逼使柳永应举，及第后方将天香许配柳永为妻。元代著名作家关汉卿就写有《钱大尹智宠谢天香》杂剧。最后一扇是说宋代衡州公子八官人迷上了沦落风尘中的刘盼盼，最后终于结为夫妻。昧杀：即迷死的意思。元人有《刘盼盼闹衡州》杂剧，今佚。在一一铺陈了“八扇帏屏”之后，作品中的女子开始抱怨起来：哎老天爷呀老天爷，你让他们成双结对，“偏俺合孤另？”合：应该。孤另：同“孤零”。

八扇帏屏上的人物、情节，都是元代民间家喻户晓的爱情故事，几乎每一则都曾被搬演到杂剧舞台上，其共同之处都是以男女主人公大团圆为最终结局。再回过头来想想本曲第一句“看看的相思病成”，不由得为这个女子打抱不平。所谓“怕见”，其实是一种敏感、微妙心理活动，八扇屏上的每一个人物、每一个画面，对她都是一种刺激，都提醒她心中期待的那种浪漫的爱情在现实社会中是如何的无奈与无助。她只能对天长叹，而作品恰恰到此戛然而止，不再多说什么，给读者留下了足够的思索回味的空间。

【商调·梧叶儿】《甘露寺》

风雨西津渡，江山北固楼，先得海门秋。手掌里金山寺，脚跟下铁瓮州。翻滚滚水东流，一线系三江夏口。

甘露寺坐落在京口（今江苏镇江）城东北的北固山上，据载，因建寺之时恰逢天降甘露而得名。我们看到的这首【商调·梧叶儿】《甘露寺》侧重描写在北固山甘露寺眺望长江时所感受到的那种西倚古渡口、南邻铁瓮城，上可溯至夏口、下则直达海门的壮观景象。

西津渡：当时镇江通往江北的唯一渡口，因位于京口西面长江边上而得名。明清以后，为江水所携泥沙淤积，江岸逐渐北移，当年的西津古渡现已成为离江岸有三百多米的古街。西津渡过去具有极其重要的战略地位，自三国以来一直是兵家必争之地，当年孙权的东吴水师就曾在此驻扎。东晋南渡，北方移民也大多由此登岸。唐以后更是漕运重镇、交通咽喉，朝廷专门派有兵丁把守，当年诗人李白、孟浩然、张祜等都曾在此待渡过江。北宋王安石熙宁元年（1068年）春应召，从西津渡扬舟北赴京师，过江后写下了著名的七绝《泊船瓜洲》。元朝意大利旅行家马可·波罗从扬州到镇江，据考也是在西津渡登岸。作者此时回想过去的历史，遂以一句“风雨西津渡”，表露出不尽的感慨。

北固山上有一个非常有名的建筑，就是曲中提及的北固楼，后也称“北固亭”。据《南史·萧正义传》载，东晋咸康年间“蔡谟起楼其上，以置军实”。后梁武帝萧衍“幸京口城北固楼，改名北顾”。萧衍有《登北顾楼》诗，其子梁简文帝萧纲也作了《奉和登北顾楼》诗。薛昂夫在【双调·殿前欢】《秋》中曾说：“一样烟波，有吟人，景便多。”意思是说本来一样的风色，但凡有诗人题咏吟唱，便成美景名胜。而在历代登吟北固山的作品中，最脍炙人口的当属南宋镇江知府、著名词人辛弃疾的【永遇乐】《京口北固亭怀古》和【南乡子】《登京口北固亭有怀》两首千古佳作了。

“先得海门秋”一句是夸张的说法。海门：县名，地在今江苏南通东，为长江入海口，故名。海门其实距镇江尚有二百多公里的距离，作者凭楼眺望，似能感受到自海上吹来的秋风。

接着“手掌里金山寺，脚跟下铁瓮州”两句是写近景。金山寺在镇江西北长江南岸的金山上，始建于东晋明帝时。金山原是屹立于长江江心的岛屿，由于水流变迁，清代中期开始与南岸相接。《白蛇传》中水漫金山的情节就发生在这里。金山不高，仅六十多米，金山寺依山就势，山与寺融为一体，一眼望去，如在掌心，而铁瓮城就在脚下。铁瓮城：为三国时孙权所建，建安十三年（208年），孙权由吴（今苏州）迁都至镇江，遂筑此城，算来已有一千八百多年的历史了，至今遗址犹存。因其坚固，俗称“铁瓮城”。

最后作者把目光沿江上溯至遥远的西边，只见一线江水自夏口滚滚而来，东流不绝。夏口：位于汉水下游入长江处，即今武汉一带，也是长江边上的重镇。由于汉水自沔阳以下古称夏水，故名。全篇完全以视角变化为线索，由远及近，复又由近及远。汤式有一曲【中吕·满庭芳】《京口感怀》与此作颇为相似：

残花剩柳，摧垣废屋，新冢荒丘。海门天堑还依旧，滚滚东流。铁瓮城横刺着虎口，金山寺高镇着鳌头。斜阳候，吟登舵楼，灯火望扬州。

两篇作品的共同之处都是把镇江沿江一带悠久的历史融入了凭眺时的所见，视野开阔，气势雄浑。表面上看纯写景物，实际上却衬托出作者豪迈的胸襟和恢宏的气度。名胜名篇，相得益彰，故能流芳千古。

【越调·天净沙】

长途野草寒沙，夕阳远水残霞，衰柳黄花瘦马。休题别话，今宵宿在谁家？

此曲明显分为前后两个部分。前三句是一个整体，写一位长途跋涉的游子，在漫漫旅途中一路走来：路边是野草寒沙，远处是夕阳残霞，他自己骑着一匹老马。其中寒沙、衰柳、黄花意味着这是个萧瑟的秋天，而夕阳残霞又告诉我们已是暮色黄昏时分——这一切都使读者很容易联想起马致远的同曲牌名作《秋思》：“枯藤老树昏鸦，小桥流水人家，古道西风瘦马。夕阳西下，断肠人在天涯。”甚至有人就将这支小令直接归到了马致远的名下。仅就这三句看，的确和马致远的创作风格非常接近。但是且慢，如果读到最后两句，你会突然发现这里形成了极其明显的反差。“休题别话，今宵宿在谁家？”这两句孟浪、直接的插话，毫不留情地打断了此前颇富诗意的描写，使读者终于回味过来，原来这不是一支抒情意味极浓的思乡曲，而是很有戏剧性的男女对白：终于回到家的游子向心上人一一叙说自己当时孤独地行走在旅途中的那些经历，他娓娓道来，充满了深情，然而却被心急的妻子猛然喝住了：“少说这些闲话，老实给我交代，这天晚上你究竟住在谁那里？”看似粗率，却让我们领略了两人之间那种真正发自内心的坦诚而又毫无顾忌的爱，这里面没有掺杂些许的客套与虚礼。她关注的不是那些自然景观，她根本没兴趣听这些，而只是在意自己所钟爱的这个人的行为。

短短五句话竟能将典型的诗意画面、堪称经典的戏剧情节以及截然不同的语言风格糅合到一起，形成如此生动、活泼的作品，不能不让人赞叹，这就是元散曲真正的魅力所在！

【双调·水仙子】（二首）

青山隐隐水茫茫，时节登高却异乡。孤城孤客孤舟上，铁石人也断肠，泪涟涟断送了秋光。黄花梦，一夜香，过了重阳。

满城风雨送重阳，与客登临醉一场。东篱虽少个陶元亮，有黄花三径芳，酌浊醪满泛橙香。准备着樽前唱，安排着席上狂，不到底辜负了秋光。

这两首小令都是写重阳节题材的，但风格迥异。前一首侧重写流落他乡的游子在九月九这一天的孤寂心情。起首一句用唐杜牧“青山隐隐水迢迢，秋尽江南草未凋”（《寄扬州韩绰判官》）中的句子而略加变化，随后说在这个秋日登高的时节，自己却身在异乡。由此我们回味出“青山隐隐水茫茫”包含有山水阻隔的情绪，也就表现出了自己距故乡有多么的遥远。重阳日这一天民间本来就有登高的习俗，但此时主人公却是在一叶漂泊的小舟上：“孤城孤客孤舟上”。古代诗论中有所谓“以乐景写哀，以哀景写乐，一倍增其哀乐”（清王夫之《姜斋诗话》）的说法，在众人登高远眺、赏菊饮酒的欢乐背景下，连用的三个“孤”字显得更加突兀。凸显出他的思乡之情与整体环境氛围形成了如此的不协调、不吻合的局面，由此也更令人感受到他的内心无人理会，所以紧接着是一句“铁石人也断肠”。表面上看，这个句式是说连毫无心肝的铁石之人都为他感到哀伤，但其实却是在说只有铁石人才会为之感伤，换句话说，现实中没有谁注意到这个游子的孤独。因此百无聊赖的他也只好独自垂泪——“泪涟涟断送了秋光”。昏睡中断续飘来一缕菊花的香气，缭绕纠缠着就像挥之不去的乡愁，弥漫开来，伴随着思乡之梦，彻夜不息，就这样过了一个重阳节。

如果说这一首的基调是缠绵哀婉的，那么下面一首却是在狂放之中带着些许无奈。首句一上来就化用了宋人惠洪《冷斋夜话》里的一个著名故事。北宋诗人潘大临在重阳日闲卧时，听得风雨摧打山林之声，忽发诗兴，遂题壁曰："满城风雨近重阳。"正待续写下句，却有催租人来索债，于是败兴收笔，仅留下了这么一句诗。此句发端张力十足，历代诗人其后多有续作，但皆因力道不侔，大多不尽如人意。

本首小令第一句只用一个"送"字换掉了潘大临原句中的"近"字，便觉有几分坐待好时光送上门来的悠闲心境。更难得的是，随后跟进的句子力道不减："与客登临醉一场"，何等的豪爽快意！此时此刻虽然缺少了"采菊东篱下"的陶渊明，但一起登临的有志同道合的朋友，此间也有盛开的菊花，再加上有老酒、有飘香的橘橙，"酌浊醪满泛橙香"，这就足够了。最后三句一气呵成：准备好了美酒、歌舞，要在今天狂醉一场，不彻底地痛快一次就辜负了这大好的秋光。

与单纯一味的狂欢不同，这里隐然有一种埋藏于内心深处而不为人知的情绪，我们从"陶元亮""三径""浊醪"等词汇下面可以略微感受到这种情绪。三径：王莽专权时，兖州刺史蒋诩辞官回乡，于院中辟三径，唯与好友求仲、羊仲来往。后人遂多以“三径”指退隐乡居。当年陶渊明曾对亲朋说：“聊欲弦歌以为三径之资，可乎？”遂出任彭泽令一职。浊醪（láo）：特指未经过滤的自酿酒。据萧统《陶潜传》记，陶渊明爱酒，其自酿之酒始成，竟不及过滤，“取头上葛巾漉酒，漉毕，还复著之”。对隐士陶渊明的推崇和对其行为的模仿意味着主人对现实持怎样的态度，关于这一点，我们可以对比同曲牌、同题材、同是无名氏所作的《重九登临》：

夕阳西下水东流，一事无成两鬓秋。伤心人比黄花瘦，怯重阳九月九。强登临情思悠悠，望故国三千里，倚秋风十二楼。没来由惹起闲愁。

显然这首小令只是集中描写登高远眺，勾起一腔思乡之情，却并没有多少微言大义。

要在九九重阳这一天放纵狂醉，是因为此前有着长期的束缚和压抑。《周易·系辞上》有语云：“一阴一阳之谓道。”此处所选两首写重阳节的作品，一低沉一高亢、一执着一旷达、一委婉一豪放，实可视为姊妹篇。

凡 例

一、本书所选散曲作品以隋树森《全元散曲简编》(上海古籍出版社)为主要依据，参酌其他底本。

二、本书中凡用词牌、曲牌名，皆以方头括号“【】”标出，书名号“《》”只用于标出作品题目。原作品中的标点符号因系今人所加，多有于用韵处标以句号者，虽于曲牌有例可依，然有时却令文气不畅，故不求统一于某一特定版本。

三、本书作者前后排列以生年而非卒年为序，作者生年不详者依隋树森《全元散曲》(中华书局)顺序排列。同一作者入选作品达两首以上者同此。

四、有关元散曲作家的文献记载较少，其生卒年及生平事迹大多不太详尽，故作家介绍部分的文字只是引述学界的一般看法，不做具体考证。

五、选入元代著名伶人珠帘秀作品，珠帘秀为艺名，本姓朱，各种元曲书籍或作“珠帘秀”，或作“朱帘秀”，也有混用不分者。本书一律用“朱帘秀”。

齐鲁师范学院 文学院 李 雁

2012年10月15日夜

后　记

大学读书期间，和大多数热衷于多愁善感的青年人一样，我也附庸风雅地迷上了宋词。后来因为教学的缘故，渐渐地更愿意读点唐诗。到了上世纪九十年代，有幸考入山东大学袁世硕先生门下攻读元明清文学，当时选择的学位论文题目是《元杂剧中的历史剧研究》，因此在比较系统地阅读元杂剧的同时，我也更广泛地浏览了一些元代的散曲，从此便放不下了，一直想写点这方面的体会和感悟。感谢蓝天出版社的刘春燕女士提供了这个机会，使我终得了却夙愿。

元散曲在文学史上的名气似乎不如唐诗宋词，但其意趣却更鲜活灵动，即使今天读来，仍然亲切感人。至于散曲和诗词的不同，我不在此做系统阐释，只想借下面的例子做个比喻。《诗经·邶风·击鼓》里有一感人至深的名句:“执子之手，与子偕老。”千百年来不知感动了多少人，但如果今天的人借此来表达自己的爱情，那效果就很值得怀疑，要么被认作是“穷醋大”，要么就是个“掉书袋”的家伙——毕竟现今读《诗经》的人太少了。所以必须承认，同样的情感，还是流行歌曲中“我能想到最浪漫的事，就是和你一起慢慢变老”这类表述，更能打动今天的年轻人。我想说的是，相对于此前的唐诗宋词，元散曲不过就是生活在元代的人们的流行歌曲罢了。

流行歌曲和古典诗歌之间的区别是显而易见的。这种区别表面上看好像只是个语言表述问题，根子里却关乎诗意的来源。我们到底是从古人那里借用诗意，还是从现实生活中发现、捕获诗意？当你看到夜空中的那轮明月而脱口说了句“千里共婵娟”时，似乎很雅致，却也多少有些陈腐了——你把此时此刻所感受到的刹那间鲜活的特定情景，生生纳入了近千年前的苏东坡先生所写的那种模式中，程式化的语言取代了现实中的诗意。换句话说，你的诗情不是自产自销的，是从北宋苏学士那里二手倒卖来的。

说到这里，聪明的读者会推导出如下结论：对于今人而言，读元散曲和读唐诗宋词，应该类似于五十步和一百步的关系。诗意是从白朴、乔吉那里倒手还是从王维、杜甫、柳永那里倒手，差别不大。干脆都放下，何不“我手写我口”，直接把自己的感受说出来？

也不尽然。王昌龄的闺怨宫怨诗历来受人追捧，却没有谁愿意去听祥林嫂的唠叨——尽管她的感受是发自内心的。那份独特感受可以是你自己的，但语言却不是你一个人的。要他人分享你的内心感受，则必须把这种感受表现出来，而只有文学语言和艺术表现才能升华你的情感，并以此和他人沟通分享。正因如此，我们才得以通过唐诗宋词元曲来分享古人丰富的精神世界。元散曲与诗经楚辞、唐诗宋词以及明清诗歌创作等一起构成了我们的诗歌传统。这种古典传统的力量会不断显示在后来的作品中，并继续得以丰富和发展。除非你什么都不说，一旦说出来，就把自己的感受纳入了这一语言体系。换句话说，谁也无法真正脱离语言场（一种更广义的语境）来使用语言，也绝没有脱离了文学传统的文学创作。台湾歌手罗大佑的《野百合也有春天》里有这样的句子：“就算你留恋开放在水中娇艳的水仙，别忘了寂寞的山谷的角落里野百合也有春天。”这风靡一时的歌词却可以在古典诗歌中找到自己的谱系——清代袁枚有一首题为《苔》的五言绝句：“白日不到处，青春恰自来。苔花如米小，也学牡丹开。”尽管不能说罗大佑直接把牡丹换成了水仙、苔花换成了野百合，但其意象无疑是属于这一诗歌传统的。这样的例子有很多。每当听到周华健曾在《爱相随》中一往情深地唱道：“人分飞，爱相随，那怕用一生去追，我又怎么能追得回……曾经的深情你给了谁？”总让我想起唐代元稹《会真记》中崔莺莺给张生写的那首离别诗：“弃置今何道，当时且自亲。还将旧时意，怜取眼前人。”那意思说白了不外是，分别后你该不会把对待我的感情用于对待别人吧。你看，说得太白了，是不能进入文学传统的，也没有人愿意和你分享这种东西。文学上最浪漫的事，就是和传统一起慢慢变老——从而成为经典。

正是出于对古典诗歌传统的尊重，本书在梳理所选散曲的词句、文意的同时，试图尽量把具体作品和此前同类作品或此后类似创作之间联系起来，力求把具体作品置于大的文学背景下来欣赏其艺术表现上的独特之处。至于这种尝试效果如何，也只有读者来评判了。

本书所选散曲作品以隋树森《全元散曲简编》（上海古籍出版社）为主，参酌其它底本。作者排列以生年而非卒年为序，生年不详者依《全元散曲》（中华书局）的顺序。同一作者入选作品达两首以上者，其作品排列顺序也依《全元散曲》。有关元散曲作家的文献记载较少，其生卒年及生平事迹大多不太详尽，故作家介绍部分的文字只是引述学界的一般看法，不做具体考证。元代著名伶人有艺名珠帘秀者，本姓朱，各种元曲书籍或作“珠帘秀”，或作“朱帘秀”，也有混用不分者，本书一律用“朱帘秀”。凡词牌、曲牌，皆以方括号【】标出，作品题目用书名号《》标出。作品中的标点符号因系今人所加，各版本每每不同，故不求统一于某一特定版本。学界多有于曲词用韵处一律标句号者，虽于曲谱有例可依，然今人读之，却令文气不畅，故不为本书所取。

我所在的济南是个有着极为丰富的古典诗歌传统的地方，既出了李清照、辛弃疾这样的伟大词人，也出了杜仁杰、张养浩这样著名的散曲作家。其中杜仁杰是个很有趣的人，性格快乐，活了八十多岁，在元曲作家中应该是长寿的了。长寿大概有两种类型：有人一生注重身体保养，是有意追求而至；还有一种是顺其自然，尽兴快活，却也无意得之。所谓文学经典，大约也有这两种情况。像李白《古风》曾感慨：“大雅久不作，吾哀竟谁陈？”显然他在诗歌创作中有追求“大雅”和振兴诗坛的明确意识，唐诗之成为经典，类似情况居多。而元散曲能成为经典却多属于另外一种情况，如同小说中的《水浒传》《西游记》，写的时候也许并没想太多，轻松而无拘束，只是当时流行，并在后来得到了更广泛的认可，最终成为不朽的经典作品。有兴趣者不妨读一读，看看是不是这样。

李雁记于历山之阳

2013年1月20日